NICOLE SIMON

El Misterio de Bakers Inn

Un Misterio de Repostería

Contents

Capítulo 1

Las magdalenas de arándanos olían deliciosamente, recién salidas del horno. Diana cerró los ojos e inhaló profundamente el dulce y cálido aroma.

"¡Mis pequeñas y magníficas magdalenas están horneadas a la perfección!". Se dijo a sí misma con una risita de alegría.

Dejó las dos bandejas sobre una rejilla para que se enfriaran y miró la hora en el enorme reloj de madera que colgaba de la pared blanca. Le encantaba el carácter que le daba a la cocina.

"Son casi las siete. Pronto bajarán nuestros invitados a desayunar, Melocotón", le dijo Diana a su regordeta gata atigrada, que disfrutaba de los primeros rayos de sol de la mañana que entraban por la ventana de cristal.

Diana se revolvía excitada por la cocina, tratando de asegurarse de que todo estuviera perfectamente preparado para sus invitados. Tenía una personalidad cálida y hospitalaria y poseía un notable ingenio y encanto, lo que le permitía mezclarse y socializar con diferentes tipos de personas.

El aroma del café fuerte que preparaba impregnaba el aire, y el sonido de los huevos chisporroteando en la sartén daba un ambiente acogedor a la atmósfera matinal.

Su cabello oscuro caía en cascada sobre sus hombros mientras se inclinaba para disponer cuidadosamente las fuentes de fruta y colocar las tortitas en platos chinos.

El desayuno en Bakers Inn era siempre delicioso. Diana quería asegurarse de que sus huéspedes empezaran el día con una comida que les llenara.

"Creo que estamos casi listos, Peaches", dijo, sonriendo satisfactoriamente con las manos en las caderas.

Llevó todas las cosas al comedor, que captó los brillantes rayos del sol. Diana se movía con rapidez y determinación. Su pequeña estatura y sus ágiles movimientos imitaban los de una dama de la mitad de su edad.

Mientras colocaba la última servilleta, oyó un ruido procedente de lo alto de la escalera. Diana sonrió cálidamente.

"Buenos días", sonrió al ver que la pareja bajaba. "¿Durmieron bien?

Era la primera vez que venían y quería causar una buena impresión.

"Ah, lo mejor de la mañana para ti, querida". Contestó la Sra. Johnson. Su marido se limitó a asentir en silencio mientras se tocaba la punta del sombrero en señal de reconocimiento.

Diana condujo a la pareja al comedor. La señora Johnson era una mujer delgada y de aspecto más bien severo. Su marido no había hablado mucho desde que se registró, pero parecía un tipo agradable. Los Johnson parecían tener al menos veinte años más que Diana, pero seguían siendo bastante ágiles.

Se preguntó qué se sentiría al envejecer en pareja. Diana nunca se había casado. Su vida antes de Bakers Inn fue muy ajetreada. Fue detective durante muchos años y se jubiló pronto para llevar un estilo de vida más pausado.

Su pasión por la repostería la llevó a convertir su casa heredada del Medio Oeste en un bed and breakfast. Dirigir su propio negocio le trajo paz y una sensación de logro, pero aún quedaba en ella una chispa de detective.

A veces se sentía abrumada por el deseo de volver a esa carrera tan arriesgada, pero se ocupaba de sus tareas cotidianas hasta que los sentimientos se desvanecían.

El señor Johnson se sentó a la mesa e inspeccionó cuidadosamente el entorno. Estaba adornada con una decoración de buen gusto y unas sencillas cortinas de encaje, que hacían que la habitación pareciera luminosa y alegre.

La Sra. Johnson hojeó un folleto lleno de atracciones locales. Empezó a parlotear y a hacer preguntas retóricas sobre la región. El Sr. Johnson sonríe ante el entusiasmo de su esposa.

Pronto empezaron a llegar más invitados y, en poco tiempo, la sala se llenó de risas y alegres charlas.

Diana disfrutó del ruido y fue de mesa en mesa, comprobando si todos sus clientes estaban contentos.

"¿Sabes mucho de la historia de este pueblo?", preguntó una joven llamada Amy mientras Diana rellenaba su café.

Diana se detuvo un momento y pensó detenidamente.

"¡Ah, sí!", volvió a decir Amy. "¿Y cuál es el horario de la piscina?".

Aliviada por la pregunta, Diana respondió. "Aunque se os permite acceder a la piscina a todas horas, sólo os pido que respetéis a mis vecinos y su derecho a un descanso nocturno tranquilo".

"¿Eso significa que los jóvenes no podemos chapotear a medianoche? bromeó el Sr. Johnson al oír las normas sobre la piscina.

Diana y Amy soltaron una risita.

"Bueno, mientras nadie se bañe desnudo, supongo que estará bien", respondió Diana con una risita. "¿Algo más?"

"Tengo una pregunta", empezó la señora Johnson, aclarándose la garganta y manteniendo el ceño firme. "¿Qué puede contarnos sobre la leyenda de Old Smithy y la mina de oro abandonada?".

Diana frunció las cejas. No le gustaba hablar de la historia del pueblo. De todos modos, no eran más que mitos, pero de algún modo hablar de ello hacía que la vieja detective se sintiera incómoda.

La sala enmudeció y todos los ojos se clavaron en ella, ansiosos por obtener una respuesta a la intrigante pregunta.

Mantuvo la calma mientras explicaba la leyenda. "Sinceramente", comenzó Diana con cuidado, "no sé demasiado sobre la leyenda. Se remonta a muchas décadas atrás".

"Bueno, ¿qué retazos sabes de ella?". preguntó Amy con impaciencia.

Diana sonrió y dijo: "Por lo que tengo entendido, los rumores dicen que un minero escondió un enorme tesoro, pero murió en un trágico accidente mientras trabajaba, lo que le impidió recuperarlo jamás."

"¿Cómo falleció?", preguntó Elliot, sacando un pequeño cuaderno y un bolígrafo. Parecía un tipo estudioso y no tendría más de 24 años. "¿Se derrumbó la cueva?", continuó, "¿Había pruebas de erosión geológica en la mina?".

"Ohhh, ¿está embrujada la cueva?", preguntó Amy, soltando una risita y fingiendo un escalofrío. "¡Espeluznante!"

"¿Se especula dónde puede estar el tesoro?", preguntó el señor Johnson.

Diana levantó las manos, riendo. "¡Vaya! De nuevo, no estoy muy familiarizada con la historia completa".

Los invitados parecían decepcionados por su respuesta.

"¿Quizás alguno de ustedes podría estar interesado en visitarnos? Creo que tengo la dirección en la sección de lugares de interés de cada uno de los folletos. Hay visitas guiadas semanales", informó Diana al grupo.

"A mí me encantaría", coincidió Elliot.

"Nosotros también", añadió el Sr. Johnson, y su esposa asintió con la cabeza.

Diana se alegró de que la conversación girara en torno a las visitas a la mina y no en torno a la historia que rondaba el pueblo. Aunque había pasado tanto tiempo, la espeluznante leyenda seguía teniendo un papel en la reputación del pueblo.

Se dirigió a una mesa al fondo del comedor. Era el único lugar de la sala que no recibía luz.

"¿Más café Sr. Franklin?" preguntó Diana.

El Sr. Franklin, que había pasado casi desapercibido, asintió lentamente con la cabeza, como si estuviera contemplando. Al cabo de un momento, miró con curiosidad a la señora Johnson, entrecerró los ojos y de pronto pareció cambiar de idea.

"Creo que yo también podría participar", dijo finalmente.

Diana sonrió mientras le llenaba la taza.

Levantó la vista antes de tomar un sorbo de café. "Nunca se sabe qué secretos pueden descubrirse en estas vacaciones".

Diana sacudió la cabeza y se rió. "Es sólo un viejo mito".

Sus invitados parecían muy contentos de charlar sobre la mina y la historia del pueblo. Pronto oyó el chirrido de la puerta del vestíbulo y sus dos perros de rescate corrieron hacia ella.

Su ayudante Bobby estaba allí para empezar su turno después de sacar a los cachorros a pasear por la mañana.

"Buenos días, bribones. ¿Os habéis portado bien con Bobby?" saludó Diana.

"Están llenos de energía", respondió Bobby. "¿Quedan magdalenas?".

Diana asintió mientras frotaba tranquilizadoramente el hombro de Bobby.

"¡Muy bien, todo el mundo, me voy! Si necesitáis algo, Bobby os ayudará. Os veré a todos en la comida", anunció Diana al salir de la habitación.

Bobby sonrió y saludó a los invitados.

Mientras sus invitados seguían conociéndose, Diana volvió a la cocina y empezó a preparar una lujosa tarta de chocolate que había planeado para el postre de la noche. Mientras murmuraba para sí los ingredientes y las medidas, su mente bullía de preguntas.

¿Por qué de repente había tanto interés en aquella vieja mina de oro? Ya se había investigado antes. Los lugareños confirmaron que era una leyenda.

¡ZAS!

Diana cogió el teléfono y vio un mensaje de su mejor amiga, Miriam.

Miriam: ¡Hola! Sólo quería saber cómo te va el día. Las cosas van lentas por aquí. ¿Estás demasiado ocupada para llamar?

Diana llamó a Miriam.

"¿Hola?", contestó Miriam.

"¡Hola! Recibí tu mensaje. Estoy preparando un poco de tarta. Puedo hablar un rato".

"¡Fantástico! ¿Cómo va todo?"

"Algunos altibajos, supongo. La mayoría de los invitados parecían simpáticos, y desde luego disfrutaron con las magdalenas... siento no haber preguntado cómo van las cosas por tu parte..."

Miriam se rió. "No te preocupes. Estoy trabajando en un caso, como siempre. Ha habido algunas novedades interesantes en relación con cierta cantante pop. Pero no puedo decir nada más".

Diana sintió una familiar punzada de curiosidad. El sueño de Diana siempre había sido convertir la enorme casa del Oeste de sus abuelos en un Bed and Breakfast, pero nunca pensó que echaría tanto de menos la investigación.

Su carrera de detective era muy exigente. No había tenido tiempo de encontrar el amor, y mucho menos de formar una familia. Después de trabajar junto a su compañera Miriam durante más de 30 años en el cuerpo, Diana se sentía preparada para retirarse y dedicarlo todo a su sueño.

De repente, no estaba tan segura de que fuera la decisión correcta.

"Lo entiendo. Cosas de alto secreto, no para los ojos y oídos de una civil normal como yo", se burló Diana.

Miriam soltó una risita.

"Para ser sincera, empiezo a echar de menos el campo", confesó Diana.

Miriam replicó: "Creía que eras feliz, Di".

"Quiero decir, lo soy...". tartamudeó Diana. "Tengo a mis cachorros rescatados, mis gatos, mis invitados. Es satisfactorio, pero hay una extraña nostalgia…", se interrumpió.

"Lo entiendo, es un círculo vicioso. Estás dividida entre lo que siempre has hecho, en lo que destacas, y tu sueño de paz".

"Exacto, Miriam. Me siento casi inquieto hasta cierto punto. Podemos hablar de esto más tarde. Tengo que preparar el menú del almuerzo antes de que se vaya Bobby".

"Claro, te dejaré ir ahora. Yo también tengo que irme. Luego hablamos", dijo Miriam.

Diana dejó el teléfono sobre la encimera y sonrió.

Metió la tarta en el horno, sacó un enorme libro de recetas y lo hojeó.

"Ah, sí, tarta de limón y merengue. ¿Qué te parece, Melocotón? preguntó Diana con entusiasmo a su gata atigrada.

De todas sus mascotas, a Peaches era a la que más le gustaba hacerle compañía en la cocina.

Diana apartó cuidadosamente los ingredientes y empezó a hacer la masa de la tarta.

Bastaría con una base sencilla. Luego trabajó en el relleno de huevos, leche condensada y zumo de limón. Diana quería que sus sabores perduraran en las papilas gustativas, así que exprimió su propio zumo y peló el mismo limón.

Por último, preparó el merengue. En el cuenco se formaron hermosos picos duros. Lo unió todo y lo metió en el horno.

"Hmmm. ¿Qué más hacemos?", se pregunta en voz alta.

Pronto encontró una receta para una rica sopa de tomate y una decadente quiche salada que se complementarían entre sí.

Sintiéndose bastante ambiciosa, también decidió hornear baguettes frescas y una ensalada vibrante.

Sus manos se movían con destreza mientras preparaba la comida. Una mezcla de aromas tentadores recorrió la cocina y pronto todo estuvo listo para servir.

Sonrió mientras se secaba el sudor de la frente.

Se dirigió al comedor con las bandejas de comida y decidió servir el almuerzo en forma de bufé. Apiló platos, tazas, cubiertos y servilletas.

Acababa de poner el centro de mesa, un gran jarrón con margaritas, cuando los Johnson entraron en el comedor.

"Por favor, siéntanse libres de servirse el almuerzo", dijo Diana. "Hay sopa de tomate, quiche, baguettes frescas y ensalada. Y, de postre, traeré tarta de limón y merengue".

"Oooh. Me encanta una buena tarta de merengue", respondió jovialmente el Sr. Johnson.

"Ah, pero primero debemos comer la quiche", respondió la Sra. Johnson. "¿Dónde aprendiste a cocinar, querida? El desayuno de esta mañana estaba espectacular".

Diana sonrió. "A mi madre y a mi abuela les encantaba cocinar y me enseñaron todo lo que sabían cuando era pequeña".

"¡Eso es maravilloso!" dijo el Sr. Johnson mientras comía un poco de quiche.

Pronto la mayoría de los invitados se sirvieron alegremente y disfrutaron de sus comidas. Todos estaban presentes excepto Amy.

Capítulo 2

Amy pasó la mayor parte de la tarde y las primeras horas de la noche explorando la ciudad. Era un martes cálido pero ventoso, perfecto para pasear.

Los últimos rayos de sol se estaban desvaneciendo en las tonalidades púrpuras y anaranjadas del atardecer cuando decidió regresar al acogedor B&B. Al abrir la puerta principal, los tentadores aromas captaron inmediatamente su atención.

Sonrió, sabiendo que le esperaba un festín. Miró el reloj y supo que Diana serviría la cena en menos de una hora.

Corrió escaleras arriba para darse una ducha rápida. Al llegar arriba, se topó con Bobby. Estaba ajustando un cuadro en el vestíbulo que parecía torcerse por sí solo.

"Hola", saludó con confianza al pasar junto a él.

"Hola. Te echamos de menos en el almuerzo", respondió Bobby.

"Oh, sí, estaba demasiado emocionada para pasar a comer", respondió Amy. "Fui a la visita de la mina y descubrí muchas cosas sobre la leyenda de la vieja herrería. Creo que incluso puedo estar en camino de encontrar su tesoro".

Bobby sonrió cortésmente: "Buena suerte entonces".

Ella le devolvió la sonrisa y le dejó para que terminara de pintar.

Cuando finalmente se dirigió hacia abajo para la cena, se encontró con que Diana había puesto bastante la propagación.

Era mucho más elaborada de lo que cualquiera podría esperar de una pensión de pueblo. Una vez más, Diana sirvió su festín al estilo buffet.

Hizo que Bobby sustituyera el centro de flores frescas del almuerzo por delicadas velas con aroma de vainilla, cada una protegida por una tapa de cristal. La luz tenue daba a la habitación un ambiente casi romántico.

Sólo Elliot había empezado a comer. El resto de los invitados seguían bajando.

Amy se fijó en él y preguntó: "Vaya. ¿Con qué ha decidido mimarnos esta noche?".

Elliot levantó la vista mientras se llevaba a la boca una cucharada de puré de patatas. Hizo una seña al festín que tenía detrás. "Un festín digno de la realeza. Date prisa antes de que vuelva a por más", bromeó.

Amy soltó una risita cortés mientras cogía un plato.

A un lado de la mesa había un surtido de verduras, como chirivías y remolachas asadas, espinacas a la crema, verduras de la tierra, puré de patatas y coliflor al vapor.

En la otra, un surtido de pasteles hojaldrados y una tarta de frambuesas y almendras bastante grande. También había varias opciones de pan, incluida una cubierta con tomates secos y albahaca.

En el centro de la mesa, Diana había colocado las principales atracciones de la comida, un costillar de cordero perfectamente chamuscado y un despliegue de deliciosas pechugas de pollo.

"Buenas noches a todos", saludó Diana mientras colocaba unos cuantos pasteles más sobre la mesa.

Los comensales le devolvieron el saludo y comenzó una suave charla.

"Diana, no te vas a creer toda la información que he desenterrado hoy sobre el viejo Smithy". Amy parloteaba emocionada mientras el viejo detective llenaba el ponche.

Todos se callaron y escucharon atentamente ante la mención de Old Smithy. "¿Qué has averiguado, querida?". preguntó Diana cortésmente.

"Bueno, fui a la excursión a la mina. El guía admitió que realmente hubo un minero llamado Smith, y también mencionó que su familia aún vive en el pueblo."

"¿Te dio alguna dirección?" preguntó Elliot.

"No exactamente, pero husmeé un poco y descubrí que hay un vínculo entre la familia del viejo Smithy y esta misma propiedad", Amy enunció las tres últimas palabras como si hubiera encontrado un misterio intrigante.

"Ah, pish posh", Diana desestimó el comentario.

"Es verdad", insistió Amy. "Pero a su familia no le gustó que hiciera tantas preguntas, así que me marché antes de abusar de mi hospitalidad". Se encogió de hombros.

Diana se sobresaltó. "Amy, no fuiste a interrogar a esa familia, ¿verdad?".

"No fue un interrogatorio", respondió Amy. "Sólo les dije que sentía curiosidad por el minero que hizo famoso a este pueblo hace varias décadas".

Diana suspiró y sacudió la cabeza.

"Estaré arriba llenando vuestros minibares por si alguien me necesita. Volveré para recoger las mesas cuando termine", anunció Diana antes de subir.

Los invitados siguieron charlando sobre la mina, y Amy estaba más que contenta de poner a todos al corriente de lo que había descubierto.

"¡AAAAAAAAH!" La voz de Diana prorrumpió en un grito desgarrador procedente del piso de arriba.

Los ojos de todos se dirigieron a las escaleras.

"Diana, ¿estás bien?" preguntó el Sr. Franklin en voz alta para que ella pudiera oírle.

Al no obtener respuesta, se levantó de la mesa y fue a inspeccionar la situación.

Una vez allí, observó que la ventana estaba abierta de par en par y que Diana estaba de pie, nerviosa, ante unas huellas de barro en la alfombra.

Era un espectáculo peculiar; las huellas empezaban en la ventana y se detenían justo en medio del vestíbulo de arriba.

"¿No estoy segura de que se trate de un robo?". tartamudeó Diana.

Aunque había visto muchos casos criminales durante sus años en el cuerpo, no se había esperado un sitio tan espeluznante en su B&B.

"Siento mucho si te he asustado", se disculpó.

Muy pronto, todo el mundo estaba arriba, amontonándose detrás de Diana y el misterioso desastre en el suelo.

"¿Llamamos a la policía?" sugirió Elliot.

"Creo que sí", respondió Diana. "Probablemente se trate de una broma pesada, pero es mejor que lo denunciemos. Le diré a Bobby que venga a arreglar este lío", suspiró Diana. "Por favor, vuelvan todos a cenar. Siento mucho haber interrumpido su comida".

Los invitados volvieron al comedor y continuaron disfrutando de la deliciosa comida.

Diana esperaba que esto no afectara a su negocio. Llevaba pocas semanas abierto y se había esforzado en ganarse una buena reputación. Se dedicó a retirar los platos y tazas sucios de las distintas mesas.

De repente, Elliot se levantó. "Voy a decirlo", anunció. "Amy estaba husmeando en la mina y fue a molestar a la familia del viejo Smithy. Su fantasma está obviamente descontento y ha venido a darnos una advertencia".

"¡Oh, qué tontería!" Diana se rió, dejando de lado la charla sobre fantasmas.

"¿Qué clase de advertencia?", preguntó Amy. "¡No es como si hubiera desenterrado un tesoro o abierto una tumba o algo así!".

Intervino el señor Johnson: "Tiene razón".

Diana jadeó. "Probablemente es una advertencia para dejar dormir a los perros. Que el viejo minero y sus secretos descansen tranquilos". Dejó los platos en el suelo y afirmó: "No es más que una vieja y tonta leyenda".

La sala se quedó en silencio y todos se volvieron para mirarla.

Respiró hondo y continuó: "La historia del minero no tiene nada que ver con lo que ha ocurrido aquí esta noche. Lo que hemos vivido ha sido una broma de mal gusto o un intento de robo". Suspiró.

Diana mantuvo la compostura y sonrió. Estaba acostumbrada a tomar las riendas y era una líder nata. "No hay fantasmas, Elliot", concluyó.

Todos volvieron a cenar y pronto empezaron con el postre.

Mientras sus invitados se retiraban a sus habitaciones, Diana recogió el comedor y lo preparó para la mañana siguiente. Volvió a la cocina para ayudar a Bobby con los platos.

Allí se dio cuenta de que sus perros de rescate K9 estaban salivando ante las sobras de la encimera.

"Creo que os merecéis un mimo", dijo Diana con dulzura mientras les acariciaba la cabeza. "Bobby, sé bueno y córtales un trozo de cordero a cada uno, ¿quieres?".

"Claro, señorita D.", respondió Bobby.

"Gracias, Bobby", dijo Diana, agradecida por la ayuda.

Bobby cortó la carne y sirvió grandes porciones en los cuencos de los perros.

Rover, el cachorro más joven, devoró su decadente manjar y miró a Diana con ojos hambrientos.

Ella se rió. "¿No eres un glotón? Bien, Rover, te traeré otra ración.

Sparky era algo mayor y parecía saborear su comida. Cada bocado parecía deliberado, como si intentara que el momento durara.

"¿Debería añadir también unas lonchas de cordero a los cuencos de Peaches y Mittens?". preguntó Bobby mientras terminaba de cortar toda la carne.

"Hmmmm", reflexionó Diana. "Tal vez algo de pollo. Podrían disfrutar de algo tierno y jugoso".

Bobby asintió.

"Ahora que lo pienso, Bobby, no he visto Mittens desde anoche. Llegó muy tarde y, cuando me desperté, ya se había ido".

"Qué raro. Suele quedarse en el porche toda la tarde", contestó Bobby.

Terminaron de recoger los platos y Bobby se fue a casa.

Diana subió las escaleras y volvió a mirar el lugar donde había encontrado las huellas.

Me pregunto qué habrá sido todo esto. ¿Por qué las huellas se detuvieron en medio del vestíbulo sin dejar rastro? Su mente se llenó de preguntas sobre el extraño suceso.

Rover y Sparky la siguieron escaleras arriba. Sus cálidos cuerpos se acurrucaron junto a ella, haciéndola sentir segura.

"Buenas noches, bribones", susurró Diana con cariño mientras cerraba los ojos.

Cediendo a su necesidad de descansar, se quedó dormida, pero incluso en su sueño, le molestaba no haber visto a Mitones en todo el día.

El despertador situado junto a la cama de Diana mostraba unos dígitos rojos brillantes que indicaban las 02:17 horas. Abrió los ojos de golpe y no pudo deshacerse de la sensación de angustia que la invadía por dentro.

Se incorporó de golpe, jadeando y sudando como si hubiera tenido una pesadilla que no recordaba. A pesar de la hora, balanceó las piernas sobre el borde de la cama y metió los pies en sus zapatillas de raso azul.

Luego se puso la bata y bajó las escaleras para prepararse una taza de té. Estaba muy preocupada por Mittens. En la cocina, sacó unas cuantas galletas de chocolate que había hecho para desayunar.

Luego se las llevó al comedor para disfrutarlas. A Diana le encantaba mojar las galletas en el té para ver cómo se derretían. Era una extraña costumbre que había heredado de su abuela, Hannah.

Le encantaban los recuerdos de cuando eran niñas. El B&B fue en su día el hogar de Hannah y, cuando ésta falleció, Diana lo heredó.

Era lógico, ya que era la única pariente que le quedaba a Hannah.

Diana recordaba con cariño cómo ella y su abuela habían fingido ser investigadoras privadas y cómo aquellos juegos la inspiraron para unirse al cuerpo. También recordaba la interpretación que hacía su abuela del cuento de la vieja herrería.

"No es un misterio tan profundo como sospecha la gente del pueblo", decía su abuela. "Si alguien quiere la verdad, la encontrará. Pero, si alguien busca encontrar el tesoro para hacerse rico, se perderá las respuestas que tiene justo delante".

Diana sonrió al recordar aquello. Sus pensamientos se vieron pronto interrumpidos por el sonido de unos pasos chirriantes que bajaban las escaleras. Se puso alerta y se levantó de la mesa en silencio, dispuesta a atrapar al ladrón o bromista en el acto.

Se escondió detrás de un pilar para no ser vista y se asomó con cuidado por el lateral para vislumbrar al culpable.

El sonido cesó y la detective jubilada pudo ver una silueta esbelta. La figura se acercó. La detective jubilada respiró hondo y, mientras se preparaba para atacar a la misteriosa figura, Amy apareció a la vista.

"¿Diana? ¿Qué estás haciendo?" preguntó Amy, sorprendida, al notar su extraño comportamiento.

"Yo podría hacerte la misma pregunta", respondió Diana con curiosidad.

Luego, recuperando la compostura, se dio cuenta de lo tonta que debía parecer.

Suspiró. "He bajado a tomar una taza de té y unas galletas; ¿quieres acompañarme?".

La expresión preocupada de Amy se transformó en una sonrisa. "Me encantaría. Soy un poco noctámbula y he oído ruidos. Bajé para convencerme de que estaba paranoica después del incidente de la cena".

Diana soltó una risita. "No le digamos a los demás lo tontos que hemos sido. Te traeré una taza de té".

Capítulo 3

Amy estaba muy habladora y le explicó a Diana que había venido al Medio Oeste para superar una relación especialmente difícil. Necesitaba tiempo para pensar y alejarse de todo.

"No pensé que el misterio del minero me intrigaría tanto", confesó. "Pero me está ayudando mucho a no pensar en Jake".

Diana asintió con simpatía. "Sé que es una forma muy aleatoria de superar una relación tumultuosa, pero por alguna razón, a mí me está funcionando. Admito que lo que ha pasado esta noche me ha asustado un poco. ¿Crees que fue su fantasma?".

Tenía los ojos desorbitados por la preocupación. La expresión seria hizo que Diana soltara una risita de sorpresa.

"Lo siento, amor, pero los fantasmas no existen. Aunque alguien quiera hacernos creer que los hay".

Amy insistió en ayudar a Diana a recoger los platos y subió las escaleras. Diana la siguió unos pasos por detrás y se dio cuenta de que, una vez más, la ventana del vestíbulo superior estaba abierta.

"¿Has abierto la ventana al bajar?". preguntó Diana con curiosidad.

Amy negó con la cabeza. Parecía asustada de continuar.

"Bueno, está claro que el fantasma cree que necesitamos más ventilación", bromeó Diana mientras cerraba la ventana.

"Buenas noches, Amy. Haré que un técnico revise la ventana por la mañana", Diana guiñó un ojo y se dirigió a su habitación.

La vieja detective estaba cansada y tendría que levantarse dentro de unas horas para preparar el desayuno. La mayoría de los días le gustaba poner el alma y el corazón en sus comidas, pero esta vez pensó en hacerlo sencillo.

Cerró los ojos y le pareció que apenas habían pasado cinco minutos cuando sonó la alarma de las seis de la mañana. Saludó a Sparky y Rover, y luego se tumbó en la cama.

Después de darse una ducha caliente y vestirse, corrió a la cocina para preparar algo sencillo pero delicioso.

Se decidió por una frittata con espinacas frescas, tomates, pimientos verdes y amarillos y queso fundido. La cafetera zumbó mientras preparaba una mezcla especialmente fuerte de café molido brasileño.

Diana también preparó una tanda de tortitas y gofres con una variedad de siropes. El desayuno llegó un poco más tarde de lo habitual.

Cuando estuvo lista para servirlo, los invitados ya estaban esperando en el comedor. Miró el reloj: las ocho y cinco. Era extraño que Bobby no hubiera llegado todavía.

Atendió sola a sus invitados cuando sonó el teléfono. Intentó contestar, pero la persona que llamaba colgó antes de que pudiera decir una palabra.

"Discúlpenme un momento", anunció Diana a los invitados mientras desaparecía en la cocina.

Volvió a llamar.

"¿Señorita D? Hola", se oyó la voz de Bobby al otro lado de la línea.

"Bobby, ¿dónde estás? ¿Por qué me has llamado desde un número desconocido?

"Llamo de la consulta del médico. Lo siento, no podré ir hoy; no me encuentro bien".

"Oh, no, Bobby. Espero que te sientas mejor pronto. No te preocupes por el B&B; me las arreglaré", Diana intentó sonar optimista a pesar de no haber dormido lo suficiente la noche anterior.

Respiró hondo y se secó el sudor de la frente. Luego volvió al comedor.

"Mis disculpas a todos", anunció Diana. "Mi ayudante Bobby no estará hoy, y puede que me demore un poco en atenderlos a todos, así que tengan paciencia. Haré todo lo posible para que nadie se quede con el café frío, pero hoy no prometo nada".

Diana sonrió amablemente, manteniendo una actitud alegre y hospitalaria. Pasó de una mesa a otra, rellenando zumo de naranja y café.

Cuando parecía que todo el mundo había terminado, empezó a recoger las mesas. Amy se levantó y empezó a ayudar.

"No, no, no, querida", la regañó Diana mientras intentaba quitarle a Amy unos cuantos platos sucios de las manos. "Eres mi invitada; no hay necesidad de todo eso".

Amy sacudió la cabeza y respondió: "Sea como fuere, el primer día dijiste que me sintiera como en casa, y así es como lo hago".

Diana soltó una risita. "No es necesario, Amy, de verdad".

"Insisto", replicó ella. "Si quieres espacio en la cocina, puedo respetarlo. Pero te ayudaré a limpiar este desastre y llevaré a los perros a su paseo matutino".

Diana cedió y sonrió: "Te lo agradezco, Amy".

La mayoría de los huéspedes abandonaron el B&B casi inmediatamente después del desayuno, excepto el señor Franklin. Se sentó tranquilamente a leer el periódico en un sofá cerca de la entrada.

Diana fregó los platos y hojeó algunos libros de recetas en busca de ideas para el almuerzo. Hoy haría todo lo posible por hacerlo todo ella sola.

El incidente de las huellas y la desaparición de Mitten también jugaban en su mente.

Cuando subía a buscar manteles limpios, el señor Franklin la detuvo.

"Diana", la llamó suavemente. "¿Tienes un momento?"

Ella se detuvo, sonrió y asintió. "Por supuesto. ¿En qué puedo ayudarle?"

La anciana detective hizo todo lo posible por disimular su turbación.

"Me gustaría prolongar mi estancia", dijo el Sr. Franklin.

"Eso es maravilloso, señor Franklin", respondió Diana. "No espero a ningún otro huésped hasta dentro de una semana, así que es usted más que bienvenido".

Diana se preguntó por qué había dicho eso último.

El Sr. Franklin asintió y Diana subió las escaleras. Se alegró de que los extraños sucesos no afectaran a su negocio y se sintió aliviada de que uno de sus huéspedes quisiera quedarse más tiempo.

En el vestíbulo de arriba, se dio cuenta de que el cuadro estaba torcido una vez más y lo enderezó de camino al armario de la ropa blanca. Su teléfono sonó en el bolsillo.

¡DING! ¡DING! ¡DING!

Múltiples mensajes de texto inundaron el dispositivo. El primero era de Amy.

Amy: Hola Diana, quería saber si podría quedarme un par de días más. Necesito más tiempo fuera, y mi jefe ha aprobado mi permiso para otra semana.

"Qué raro", murmuró Diana en voz alta.

"¿Qué cosa?", preguntó el señor Johnson, que acababa de salir de su habitación.

"Lo siento, señor Johnson", se sonrojó Diana. "Estaba hablando sola. Creía que usted y la señora Johnson iban a hacer la excursión a la mina esta mañana."

"Lo hicimos. Volvimos". Farfulló. "¿Qué te pareció tan extraño? ¿Encontraste algo más sospechoso? ¿Quizá una pista del culpable que nos tiene a todos en vilo?". Preguntó con curiosidad.

Diana negó con la cabeza.

"No importa", se encogió de hombros el señor Johnson. "Por cierto, quería preguntarte, ¿tienes disponibilidad para cuatro días más? A Grace simplemente le encanta su cocina y se preguntaba si podríamos celebrar nuestro 40 aniversario aquí en lugar de en casa."

¿Qué está pasando? pensó Diana. Qué extraño que tantos huéspedes necesiten prolongar su estancia. Pero se alegró.

" Sí, claro", balbuceó. "Todo irá bien". Esbozó una sonrisa cortés.

"Fantástico", respondió mientras se dirigía a su habitación.

Diana revisó el resto de sus mensajes de texto. El segundo era de Miriam.

Miriam: Hola Di, ¿cómo va todo? Sólo pasaba a ver cómo te iba y si se había calmado tu nostalgia por la investigación.

Diana sonrió satisfecha mientras respondía a Miriam.

Diana: No te vas a creer las cosas raras que han estado pasando por aquí. Primero, había unas extrañas huellas de barro que se detenían en medio del vestíbulo y desaparecían. Últimamente parece que las ventanas se abren solas y todos mis invitados hacen preguntas sobre el viejo herrero.

Después de reajustar el comedor, Diana tuvo por fin un minuto para sí misma. Se preparó una taza de té y se sentó en el jardín trasero junto a la piscina.

Apenas había empezado a relajarse cuando Rover llegó ladrando y se abalanzó sobre ella, lamiéndole la cara. Diana aulló de risa mientras le frotaba la cabeza.

"Yo también te he echado de menos, chico", dijo juguetona.

Sparky y Amy aparecieron instantes después.

"Muchas gracias, Amy", suspiró Diana. "Se habrían sentido tan decepcionados de haber perdido su paseo matutino".

"No te preocupes", sonrió Amy. "Además, no has contestado a mi mensaje".

"Uy. Qué despistada estoy hoy. Sí, claro, puedes quedarte más tiempo", le aseguró Diana.

"¡Impresionante! Por cierto, ya que todo el mundo me echa la culpa de lo del fantasma inquieto, voy a echar otro vistazo a la mina. ¿Quieres acompañarme?", le ofreció Amy.

A Diana realmente no le apetecía, pero no quería parecer descortés.

"Eres muy amable, Amy, pero tengo las manos ocupadas aquí", respondió Diana.

"Tonterías, tenemos un par de horas antes de la hora de comer y no tardaremos mucho. Además, ¿no quieres llegar al fondo de las misteriosas huellas?". suplicó Amy.

Diana suspiró. "Bien, déjame coger mis cosas".

La pareja dio un corto paseo hasta la mina. Era un día agradable, con el cielo azul y sólo algunas nubes tenues. Corría una fresca brisa del este que rebajaba la intensidad del calor.

A la entrada de la mina, el operador turístico no aparecía por ninguna parte. Amy y Diana esperaron diez minutos.

"Entremos solas", sugirió Amy. "Probablemente esté almorzando temprano".

Diana dudó, pero Amy la tiró suavemente del brazo.

"Vamos, Diana", insistió.

La entrada estaba bien iluminada, pero después de caminar cinco minutos, se hizo más oscuro. Amy sacó una linterna del bolso.

"Este es el camino que tomamos la última vez", anunció, señalando una cueva a la izquierda. "El guía nos dijo que las dos de la derecha se estrechan demasiado a medida que avanzas y han sido declaradas inseguras desde hace más de medio siglo".

Diana asintió. Ni siquiera estaba segura de qué hacía aquí. ¿Estoy buscando un fantasma? Se rió suavemente ante la idea.

"¿Qué pasa?" preguntó Amy con el ceño fruncido, interrumpiendo los pensamientos de Diana.

"Me estaba imaginando atascada en la parte estrecha de la cueva, siendo perseguida por el fantasma de Old Smithy en un cocopan...".

"¡Sí, como en los dibujos animados!". añadió Amy con una risita.

Al doblar una esquina, vieron una figura masculina delante de ellos. Estaba hurgando suavemente en los escombros de la pared.

El dúo dio un grito de asombro y Amy dirigió su luz directamente hacia el hombre. Estaba cubierto de tierra. Retrocedieron un poco cuando la figura empezó a darse la vuelta.

"¡Venimos en son de paz Viejo Smithy!" gritó Amy inesperadamente antes de poder verle la cara. El miedo y la excitación corrían por sus venas.

Diana, que era más sensata, se echó a reír. "¡Amy, eso no es un fantasma! Es Elliot".

"Quítame la luz de la cara, Amy", dijo bruscamente. "¿En serio creías que era un fantasma?".

Amy soltó una risita. "Lo siento, Elliot, tu presencia fue inesperada. ¿Qué haces aquí?" Preguntó, agarrando con fuerza la linterna.

"Lo mismo que yo..."

"¡¡¡OOII!!!" Una fuerte voz retumbó detrás de ellos, interrumpiendo a Elliot y sobresaltando a Amy una vez más.

"No se permite la entrada a nadie sin un operador turístico", reprendió la voz. "¡Es un riesgo para la seguridad! Por favor, todo el mundo fuera".

El trío se dirigió hacia la entrada.

"Nadie ha entrado en esas cavernas desde hace más de 50 años. Fueron cerradas y declaradas inseguras por el propio Old Smithy", dijo el guía mientras caminaban.

Amy y Diana intercambiaron miradas.

"Estaba comprobando la seguridad de una de las cavernas cuando se derrumbó. Por aquel entonces, no había equipo para recuperar su cuerpo de forma segura. Por eso dicen que la mina está encantada". El guía continuó sin que nadie se lo pidiera.

"Después de su muerte, no pasaron ni unos meses hasta que se cerró el lugar. Cientos de buenos hombres perdieron sus ingresos. No es un lugar para que los urbanitas vayan a hacer cabriolas", terminó, con los ojos fijos en Amy.

"Oye, me acuerdo de ti. Viniste hace un par de días buscando información sobre el viejo Smithy", murmuró el guía.

Amy frunció los labios.

"Disculpa las molestias", comentó Diana, quitando la atención de su invitada. "Ahora nos vamos".

Luego sacó un pequeño fajo de billetes y se lo entregó al guía. "Nunca llegamos a pagar la entrada, ya que no había nadie en el puesto".

Sus ojos se abrieron de par en par al darse cuenta de que el grupo podría denunciarle.

"Todos tenemos pequeños percances", le guiñó Diana mientras pasaba junto a él.

Los tres regresaron al hostal.

Capitulo 4

Diana se lavó y preparó el almuerzo. Se alegró de que Amy la arrastrara a explorar la mina, pero sabía que no disponía de mucho tiempo, así que optó por una comida rápida pero contundente.

Preparó un mini bol de quinoa para cada invitado para abrirles el apetito. Contenía una variedad de sabrosos rellenos como aguacate, tomates cherry, pollo a la parrilla y judías negras.

También preparó boniatos asados, mazorcas de maíz y ensalada griega. El plato principal era un salmón particularmente grande sazonado a la perfección.

"Falta algo, Peaches", reflexionó Diana en voz alta a su compañera de cocina.

Tan pronto como las palabras salieron de sus labios, su corazón se hundió. Se refería a la comida, pero darse cuenta de que Mittens había desaparecido le causó una punzada de preocupación.

Quería a todas sus mascotas y su presencia le alegraba el día.

"¡Pan de ajo!" Finalmente anunció. "Y un par de galletas de chocolate para algo dulce".

Diana preparó y amasó cuidadosamente la masa mientras su mente seguía agitada.

Echó un vistazo a todos los platos que tenía que hacer y decidió ocuparse de todos los que pudiera mientras se horneaba el pan.

En cuanto el pan estuvo listo, se sirvió el almuerzo. Diana se sintió aliviada de que todo estuviera listo a tiempo. Le dio un gran placer ver a sus invitados saborear la comida.

Puso una jarra de ponche de frutas en cada mesa y pidió amablemente a todos que se sirvieran.

Los ojos verdes de Amy se fijaron en los de Diana. Hizo un gesto discreto para que Diana fuera a la cocina.

La detective jubilada obedeció y Amy la siguió en silencio.

"Diana, pareces un poco cansada. ¿Por qué no descansas un poco y recojo las mesas cuando todo el mundo haya terminado?".

Agradecida por la preocupación, Diana sonrió. "Amy, has hecho más que suficiente, no podría esperar más ayuda".

"Vale, entonces desaparece diez minutos para recomponerte... un respiro como quieras", insistió Amy.

Diana suspiró. "Realmente debo estar envejeciendo si mis invitados quieren que descanse", se burló. "Gracias, Amy. Me refrescaré y volveré para despejarlo todo".

Amy sonrió.

Diana subió discretamente las escaleras. La mayoría de sus invitados no se habían dado cuenta, pero Elliot la miraba desde su mesa en la esquina.

Comía solo, con el portátil abierto.

Una vez en el vestíbulo, Diana vio más huellas. Esta vez el tamaño del zapato era mucho más pequeño. Empezaban en la ventana y terminaban en medio del vestíbulo.

Rápidamente sacó la aspiradora y limpió. Lo último que quería era causar más alarma. Luego enderezó el cuadro torcido y volvió a su habitación para descansar un rato.

Envió un mensaje a Miriam.

Diana: ¡Vaya día! Mittens, mi gatito, sigue desaparecido. Mi ayudante está enferma. Envíame ayuda. Un escuadrón de superhéroes sería ideal, sobre todo si supieran fregar los platos.

Terminó su mensaje con una cara divertida para dar a entender que estaba haciendo el tonto.

Momentos después, sonó su teléfono.

"Hola, Miriam.

"Diana, ¿estás bien? ¿Necesitas ayuda en el B&B? ¿Puedo tomarme un tiempo libre?" Miriam se ofreció.

"No, no, estoy bien. Es sólo la falta de sueño, supongo. Encontré más huellas esta tarde, e hice una visita a las cavernas de la mina. Al parecer, el viejo Smithy declaró inseguros ciertos pasadizos de ese lugar", explicó Diana.

"Para alguien que lleva media década fuera, seguro que te lo hace pasar mal", replicó Miriam.

"¡Ja! ¡No sabes ni la mitad!". Diana se rió.

Hablar con Miriam siempre le levantaba el ánimo.

El tono de su amiga se suavizó. "Estoy preocupada por ti, Di. Iré el domingo y quizá pase allí un par de noches".

"De ninguna manera. Me dejarás sin trabajo, ¡y no se hará nada!". bromeó Diana.

"Bueno, todo trabajo y nada de juego hace a un detective jubilado aburrido", bromeó Miriam.

"Estoy deseando verte, amiga mía. Prepararé un banquete increíble con todos tus platos favoritos. Déjame volver a mis quehaceres".

Después de su llamada con Miriam, Diana se sintió vigorizada. Bajó las escaleras y se aseó.

Sus pensamientos seguían intranquilos. ¿Por qué estaba Elliot solo en la cueva aquel día? ¿Qué hacía hurgando en las rocas y cuánto tiempo llevaba allí antes de que llegaran?

Elliot había estado sospechosamente callado desde su experiencia en la mina. Eligió la mesa más aislada y tapaba su portátil cada vez que pasaba alguien.

Diana acababa de terminar de fregar los platos cuando recibió un mensaje.

¡DING!

Miriam: Di, he estado pensando en tu situación. Quizá sea hora de indagar un poco. ¿No me contaste siempre que tu abuela decía que el misterio podía resolverse? P.D.: Estoy deseando comer tarta de boniato (pista).

Diana soltó una risita.

Peaches se acercó a ella y se abalanzó a sus brazos.

"Ay, cariño. Estos mimos son tan necesarios ahora".

Se acercó a la ventana y se sentó en una silla cercana mientras acariciaba el suave pelaje de Peaches.

El resto del día transcurrió como un soplo. Sin Bobby, Diana empezaba a sentirse una mujer de cincuenta y tantos años. Todo el ajetreo, la limpieza y el cuidado de sus invitados la dejaron un poco sin aliento para cuando llegó la hora de la cena.

Aun así, consiguió preparar una cena deliciosa. Había pavo asado con salsa, puré de patatas y zanahorias glaseadas con miel. También había una cazuela de judías verdes, ensalada de manzana y nueces y salsa de arándanos.

Los postres fueron sencillos: pastel de bayas y tarta de chocolate y nueces.

Apenas pudo relacionarse con sus invitados mientras iba y venía de la cocina al comedor.

Una vez más, Amy acudió al rescate y se ofreció a ayudarla con los platos. Terminaron de limpiar sobre las diez de la noche y se fueron directamente a la cama. Diana agradeció la ayuda de Amy y decidió regalarle una noche de estancia.

Agradeció que no ocurrieran cosas raras. Sólo quería meterse en su acogedora cama de matrimonio y sumergirse en el país de los sueños.

Diana se levantó temprano el jueves por la mañana. Preparó tortitas y magdalenas de arándanos. También frió unas salchichas e hizo sus propias patatas fritas.

"Buenos días, Melocotón", dijo alegremente mientras su gata atigrada se dirigía a su lugar soleado habitual. Era una mañana especialmente calurosa, así que la detective jubilada se decidió por una refrescante ensalada de frutas y un parfait de yogur para acompañar sus productos horneados.

El Sr. Franklin no asistió al desayuno, lo que le pareció extraño, ya que normalmente era madrugador.

"Ooh, Diana, ¿puedo tomar esta receta de magdalenas?" preguntó la Sra. Johnson mientras comía el tercero.

Diana sonrió. "Por supuesto. Era una de las recetas favoritas de mi abuela".

La Sra. Johnson asintió mientras se deleitaba con el decadente manjar. "¿Era de por aquí?

"Sí", respondió Diana cortésmente. "De hecho, ésta era su casa".

La expresión de la cara de la señora Johnson cambió. "¿Sabía algo de la leyenda del minero?".

"No puedo estar segura", contestó Diana rápidamente y se dirigió a otra mesa.

Después del desayuno, llegó Bobby. Trajo flores frescas para el comedor y se llevó a Sparky y Rover a dar su paseo matutino.

Se alegró mucho de tener de vuelta a su ayudante. Diana ordenó el piso de arriba. Cambió las sábanas, las toallas y los artículos de tocador. Le parecía oír maullidos suaves por todo el B&B.

"¿De dónde vendrá ese ruido?", susurró mientras bajaba las escaleras.

Elliot estaba sentado en la esquina más alejada del comedor. Estaba tecleando furiosamente en su portátil.

"¿Va todo bien, Elliot?" preguntó Diana amablemente.

Elliot se incorporó de un salto, casi sobresaltado, y cerró el portátil de golpe. "Terminaré el resto en mi habitación", dijo nervioso.

"Vaya. No pretendía darte un fri...". Diana habló, pero él había subido corriendo las escaleras antes de que ella pudiera terminar la frase.

Se quedó pensativa. Sus sospechas recayeron de repente sobre Elliot. Había salido del comedor para lavarse cuando se produjeron las huellas. ¿Qué hacía en la mina? ¿Por qué se había vuelto tan brusco?

La mente de Diana estaba en llamas. De repente se había despertado el detective que había en su mente.

Esa misma tarde, cuando Elliot salió, ella limpió su habitación y comprobó su número de calzado. Quería saber si coincidía con la del intruso que había dejado las huellas.

Era la talla 11, un poco demasiado pequeña para coincidir con la del primer juego, que era aproximadamente una talla 13, y demasiado grande para coincidir con la del segundo juego, que parecía una talla siete de señora.

Decepcionada, Diana salió de la habitación de Elliot. Al hacerlo, encontró a la Sra. Johnson en el vestíbulo, mirándola con curiosidad.

"Acabo de llenar el papel higiénico", sonrió, tratando de actuar con naturalidad.

"El nuestro también", añadió la señora Johnson.

Diana asintió y cogió algunos rollos del armario. Luego se dirigió a la cocina para preparar la cena.

Después de hojear su enorme libro de recetas, optó por macarrones con queso, brócoli asado con ajo y pollo crujiente al horno. Lo acompañó con una aromática tarta de calabaza y un postre azucarado de manzana crujiente.

Mientras preparaba el pollo, Elliot entró en la cocina.

"Diana, lo de antes", tragó saliva.

La dueña del B&B se apartó del mostrador para mirarle.

"Siento haberte gritado. Supongo que me sentía culpable", continuó.

A Diana se le revolvió el estómago. ¿Sus sospechas eran ciertas?

"Me ha enviado aquí el grupo hotelero de mi familia para ver si es seguro abrir aquí un centro de vacaciones. Han sido muy amables conmigo y sé que afectará negativamente a su negocio si lo hacemos."

El detective jubilado permaneció en silencio.

"El otro día, en la mina, estuve recogiendo muestras para el laboratorio para asegurarme de que no había sustancias químicas nocivas que pudieran causarnos pérdidas. Hace un par de años, perdimos millones en un pueblo minero que tenía residuos de amianto."

"¿Por qué me confiesas todo esto?". inquirió Diana.

"Pensé que lo menos que podía hacer era ser sincero contigo. No te mereces que te den gato por liebre", confesó.

"¿Has estado provocando las huellas? ¿Para sabotearme antes de empezar a construir?", preguntó preocupada.

"No, en absoluto", afirmó él. "Lo único que he hecho ha sido explorar la zona... y a la competencia".

Diana asintió y sonrió mientras recuperaba la compostura y se pasaba un mechón de pelo negro por detrás de la oreja. "Agradezco tu sinceridad, Elliot".

Luego volvió a preparar la cena. Se le llenaron los ojos de lágrimas. Era una chica dura, pero este B&B era sentimental para ella.

Cuando la cena estaba casi lista, Diana subió a refrescarse antes de servir. Se lavó las manos y la cara y volvió a maquillarse.

"Estarás bien, vieja", le dijo a su reflejo. "Ningún gran grupo hotelero puede igualar tu hospitalidad".

Esbozó una sonrisa y entró en el vestíbulo. Justo debajo del cuadro torcido había un espectáculo para la vista.

"¡Mitones!" exclamó Diana feliz mientras corría hacia su mascota.

El gato tenía un ovillo de hilo amarillo brillante y jugaba alegremente.

"Oh, te he echado de menos. Me alegro mucho de que estés bien".

Cogió a la gata en brazos y la abrazó con fuerza.

"Dios mío, Mittens, ¿dónde has estado? Tu pelaje está increíble-mente."

Capítulo 5

Preparar el desayuno era una alegría absoluta ahora que Diana volvía a tener la compañía de sus dos gatos. Preparó salchichas, beicon, huevos y gofres con sirope de arce. Tarareaba mientras trabajaba.

"Buenos días, Amy", sonrió cuando su primera invitada se sentó a comer.

"Buenos días. Parece que estás de buen humor", respondió Amy.

"Sí. explicó Diana. "¡Mi Mittens ha vuelto! Estaba tan preocupada de que se hubiera quedado atrapada en la mina".

"Me alegro por ti, Diana. ¿Dónde la encontraste?"

"En el vestíbulo de arriba", contestó Diana mientras empezaba a servir al resto de los invitados.

"¿Se encuentra bien? ¿Lastimada de alguna manera?" preguntó Amy, preocupada.

"A mí me pareció que estaba bien, pero la llevaré al veterinario un poco más tarde para asegurarme".

Amy asintió. "¿Cuánto tiempo hace que la tienes?

"Sólo un par de semanas. Acababan de encontrarla cuando llegué a la protectora. Yo ya tenía a Peaches y a los cachorros desde hacía un par de meses, y me enamoré de ella allí mismo", recordó Diana.

"Qué bonito, Diana".

"Sí, me alegro de que esté a salvo".

Amy frunció el ceño y dijo: "¿No te parece extraño que todo siga ocurriendo en ese vestíbulo?".

Diana se detuvo en seco.

Amy levantó las cejas para enfatizar su punto, y luego volvió la mirada a su comida. Luego disfrutó de su desayuno con gran entusiasmo.

Diana dejó los platos a Bobby y decidió inspeccionar detenidamente el vestíbulo de arriba. Mitones disfrutaba de una siesta en el grueso alféizar de la ventana por donde entraban los dorados rayos del sol.

Comprobó el techo y las paredes, pero nada le llamó la atención. Entonces, interrumpió el descanso del gato para inspeccionar la ventana. Todo estaba en orden.

Se sintió perpleja. La avezada detective se quedó pensativa un momento y miró el cuadro de dos jóvenes novios cogidos de la mano en la playa.

"¿Por qué este cuadro siempre se tuerce solo, Mitón?", se preguntó.

De repente, sus ojos se posaron en el suelo, en el punto donde el suelo se junta con la pared. La larga alfombra parecía haberse atascado bajo la pared, pero ¿cómo era posible?

Diana tiró y tiró de ella, pero estaba atascada, casi como si la pared estuviera construida encima. Le intrigaba.

Empezó a buscar pistas a lo largo de la pared. Enderezó el cuadro. Presionó con fuerza contra los ladrillos e intentó buscar rarezas, pero fue en vano.

Tras la confesión de Elliot, Diana tuvo el presentimiento de que él tenía algo que ver. Sabotaje empresarial de la forma más creativa. Pero, ¿cómo había conseguido meter la alfombra bajo la pared?

"Vigilaremos de cerca a 'Mr. Holiday Resort', ¿verdad, Mittens?". preguntó Diana.

Miró su reloj. Era un delicado Michel Herbelin de plata, uno de los primeros que se fabricaron en 1952, otra herencia sentimental de su abuela.

"¡Caramba, Mittens! ¡Mira qué hora es! Tengo que hacer la compra antes de comer".

Diana se apresuró a coger su bolso y se dirigió escaleras abajo. Necesitaba varios ingredientes. Entre ellos, frutas y verduras frescas.

Al pasar por el comedor, se dio cuenta de que Elliot seguía pegado al mismo sitio en el que había estado durante el desayuno. Sus ojos estaban fijos en la pantalla y su actitud era tensa.

Con cuidado de no asustarlo, Diana carraspeó. Él levantó la vista hacia ella.

Diana sonrió amablemente. "¿Quieres beber algo mientras trabajas? Hay limonada en la nevera".

Él le correspondió con una sonrisa de agradecimiento. "Sería estupendo, gracias".

Entró en la cocina. Bobby estaba terminando de fregar los platos de la mañana cuando ella llegó.

Diana llenó una jarra con cubitos de hielo y limonada. Procedió a colocar suavemente una rodaja de limón en el lateral de un vaso y lo colocó todo en una bandeja.

"Señorita D, ¿podría salir un momento? Nos estamos quedando sin comida para perros". preguntó Bobby.

"Ah, ahora voy de camino al mercado de productos, pero lo añadiré a mi lista para la tienda de comestibles", respondió ella alegremente.

Bobby parecía consternado.

Diana se dio cuenta de que quizá también quería hacer un recado personal.

"Te diré una cosa, Bobby: hace mucho calor y no me apetece andar con este calor. ¿Quizás podrías hacer la compra por mí cuando traigas la comida del perro? Tengo una lista".

Bobby sonrió. "¡Claro que sí! No tardaré más de una hora".

Diana le entregó la lista y le llevó la limonada a Elliot. Parecía estar preocupado con algo.

"¡Esto es perfecto! Gracias, Diana", exclamó Elliot mientras se servía un vaso.

"¿Puedo ayudarle en algo más?".

Elliot negó con la cabeza. "Sólo cosas del trabajo. Me quedaré aquí hasta la hora de comer, si te parece bien. Hay menos posibilidades de que procrastine si estoy aquí".

Diana asintió y subió a buscar su teléfono. Quería enviar un mensaje de texto a Miriam sobre sus sospechas.

Al llegar al vestíbulo, volvió a ver huellas de barro en la alfombra. Huellas de la talla 13. Empezaban en el centro del vestíbulo y terminaban en la ventana.

Además, la alfombra ya no estaba pegada bajo la pared, y el cuadro de los amantes volvía a estar torcido. El viejo detective suspiró desconcertado.

Diana cogió la aspiradora y trató de eliminar cualquier indicio de intrusión. Se sentía nerviosa. Su principal sospechoso no se había movido del comedor en todo el día. Sus zapatos estaban ordenados y limpios, y ella no había estado en la cocina el tiempo suficiente para que él montara esta travesura.

Algunas de las huellas dejaban manchas, así que preparó una mezcla de detergente y agua tibia. Luego se puso de rodillas para fregarlas.

La tarea le recordó a cuando era más pequeña y su abuela convertía la limpieza de alfombras en un juego.

Recordó las palabras de su abuela. "Tú friegas esa mitad y yo friego esta otra, y nos encontramos en medio".

Cada vez que terminaban una habitación, su abuela horneaba un dulce para celebrar el trabajo bien hecho. Diana sintió alegría ante el resurgimiento de un recuerdo tan sencillo pero especial.

Pronto desapareció todo rastro de barro. Vació el cubo y finalmente envió un mensaje a Miriam.

Hola, Miriam. Buenas noticias. Mitones ha vuelto a casa. Estoy impaciente por verte. Han pasado tantas cosas. ¡Ha sido un día de locos!

Cada vez que creo que tengo todo este misterio resuelto; resulta que estoy equivocado.

Pronto, Bobby regresó, y Diana comenzó el almuerzo.

La cocina estaba caliente, y una variedad de aromas tentadores emanaba de la habitación.

Horneó pan ciabatta para los sándwiches caprese, que preparó con albahaca fresca, tomates maduros y queso mozzarella. El último paso era rociarlos con un delicioso glaseado.

En el horno había pechugas de pollo rellenas de espinacas y queso feta y patatas asadas.

Mientras se horneaba el plato principal, cortó un surtido de verduras, incluidos calabacines y pimientos. Éstos complementarían perfectamente su pasta primavera.

Para terminar la comida con una nota dulce, Diana preparó una clásica tarta de cerezas dulces. Hizo el relleno desde cero con una base de mermelada azucarada que desprendía un aroma irresistible.

Mientras cocinaba, Diana sintió que todas sus preocupaciones se disipaban. Estaba en la zona, relajada, y vertiendo su corazón en cada plato.

"Otra hermosa comida está lista", se jactó descaradamente mientras sacaba el pastel de cerezas del horno.

Bobby sirvió el almuerzo y ella se sirvió un vaso de limonada. Diana se preguntó si Miriam había respondido y buscó su teléfono en el bolsillo.

"Oh, Peaches, soy tan despistada. Pronto voy a tener músculos enormes en las piernas de subir y bajar las escaleras todo el día para coger el teléfono", se rió.

Diana volvió a subir las escaleras y, al ver el cuadro torcido, sintió una punzada de preocupación.

"He terminado de enderezar este cuadro tonto", se anunció a sí misma y utilizó los dos brazos para quitarlo de la pared.

Era más pesado de lo que había previsto y le costó mantener el equilibrio bajo su peso. Lo dejó en el suelo y observó una extraña hendidura en la pared. Tenía unos cinco centímetros de largo y la forma de una pequeña pala.

Pasó los dedos por el agujero y sintió que era bastante profundo. Entonces Diana se fijó en una palabra escrita en la parte posterior del cuadro.

Parecía que las letras estaban escritas con un dedo manchado de barro. Del mismo color que el barro de las huellas. En el centro se leía ÁTICO.

Diana inhaló bruscamente. Eran pistas enormes.

No queriendo levantar sospechas, volvió a colocar el cuadro. No fue fácil, pero al final lo consiguió.

Hacía años que no subía al desván. De hecho, muchas de las pertenencias de sus padres y abuelos seguían allí, acumulando telarañas y polvo. Ni siquiera estaba segura de que la luz de arriba funcionara.

Pensó largo y tendido. ¿Y si es una trampa? ¿Y si alguien quiere hacerme daño en el oscuro y desprevenido desván? ¿Estoy siendo tonta?

Diana respiró hondo para mantener la compostura y cogió su revólver de la caja fuerte de su dormitorio. Hacía tiempo que no sentía la necesidad de una protección adicional. También cogió una linterna por si estaba completamente a oscuras.

Se miró en el espejo.

"Es hora de llegar al fondo de esta vieja", se tranquilizó y se dirigió cautelosamente al desván.

La luz aún funcionaba, pero era muy tenue.

Iluminó la habitación con la linterna mientras agarraba con fuerza la pistola. Parecía bastante seguro. Estaba claro que la habitación se había convertido en un santuario de arañas y ácaros. Una gruesa capa de polvo lo cubría todo y las telarañas se habían apoderado de todo.

El ambiente era inquietante e incómodo, incluso para alguien especializado en la investigación. Examinó la habitación en busca de algo fuera de lo común.

Algunas cajas contenían juguetes de su infancia, recuerdos de los comienzos de su carrera e incluso la vieja equipación de fútbol de su padre.

Era como un polvoriento viaje por los recuerdos. Había tenido una gran vida. Su familia era increíble y los echaba mucho de menos.

De repente, una pequeña caja de madera cerca de la puerta le llamó la atención.

Nunca la había visto, y eso que sabía todo lo que se guardaba en el desván. La iluminó con la linterna y se quedó boquiabierta.

"¿Por qué no está cubierta de polvo?", susurró nerviosa.

Lo abrió y se dio cuenta de que era un hermoso joyero de caoba. El diseño era bastante inusual y tenía varios compartimentos en su interior. Cada uno tenía un cajoncito para abrir, y todos tenían una base de terciopelo rosa.

Diana abrió cada cajoncito, esperando encontrar la siguiente pista en su investigación. En el último, encontró algo y metió la mano para sacarlo.

Era un collar. De oro de nueve quilates, con un grueso cierre. Pero lo más fascinante era el adorno principal. El colgante era una impresionante pala de oro, de cinco centímetros de largo. También estaba grabada y decía: Hannah Smith.

Diana estaba confundida. Tenía tantas preguntas.

Qué extraño. El apellido de soltera de mi abuela era Banner, y su apellido de casada era Fisher. ¿Por qué este colgante diría Smith? Esta pala parece encajar perfectamente en la hendidura de la pared del vestíbulo.

Diana sintió un hormigueo en el antebrazo. Llevaba manga corta debido a las altas temperaturas. En cuanto vio la araña, se levantó, se la sacudió y se metió el collar en el bolsillo.

"Creo que ya he terminado", susurró. "Esta investigación se acaba de poner interesante".

Capítulo 6

Diana sintió el subidón de adrenalina que tanto anhelaba. Era una sensación habitual cuando estaba en el cuerpo, pero la había echado de menos estos dos últimos meses. Cerró la puerta del ático y se dirigió rápidamente a su habitación. Quería darse una ducha caliente y relajante después de estar en un ambiente lleno de polvo.

Sacó el collar del bolsillo y miró el colgante con detenimiento. Había una serie de pequeños cubos de formas extrañas en la parte posterior de la minipala.

Qué fascinante! pensó.

¡KNOCK! ¡KNOCK! ¡KNOCK!

El sonido de tres golpes rápidos y firmes interrumpió sus pensamientos. Abrió la puerta y allí estaba la Sra. Johnson.

"Hola, querida. Siento ser una molestia", saludó la anciana.

"Sra. Johnson, hola. No es ninguna molestia. ¿Pasa algo?" respondió Diana, tratando de actuar con naturalidad.

"Bueno, no, he venido a pedirle un favor..." sus palabras se entrecortaron al fijarse en el collar de oro que Diana llevaba en la mano. "¿Qué es esa joya brillante que tienes ahí?", preguntó emocionada.

"Ah, ¿esto?", respondió Diana. "Es una vieja reliquia". Rápidamente la colocó sobre su tocador, que estaba justo al lado de la puerta. "Háblame de este favor". Sonrió, juntando las manos.

"Bueno, estoy segura de que Norman te ha dicho que quería prolongar nuestra estancia para pasar aquí nuestro aniversario".

"¡Sí! Él mencionó eso".

"Bueno, mañana es nuestro 40 aniversario, así que me preguntaba si podrías hacer algo especial para celebrarlo. ¿Decoraciones, un menú especial, cosas así?" pidió la Sra. Johnson.

La petición pilló desprevenida a Diana. Nunca había organizado un evento. El momento también era un poco complicado, con todos los sucesos extraños. Abrió la boca para responder, pero la volvió a cerrar al ver cómo la esperanza y la emoción brillaban en los ojos de la señora Johnson.

La detective jubilada inspiró profundamente y sonrió.

"¡Por supuesto! Es una gran ocasión!" exclamó Diana, igualando la emoción de su invitada. "Decoraremos y crearemos un marco espectacular".

"¡Oh, Diana, gracias!" respondió emocionada la Sra. Johnson.

"Si quieres, podemos hacer arreglos para que invites a algunas personas", sugirió Diana.

"Oh, eso sería fantástico. Concretemos los detalles después de comer. Es con poca antelación, así que no quiero ponerte pegas".

Diana sonrió. "No se preocupe en absoluto, Sra. Johnson. Puede celebrar el evento exactamente como quiera. Por cierto, ¿dónde está el señor Johnson?".

"Ha salido a comprarse un traje nuevo; por supuesto, le dije que quería que nuestro 40 aniversario fuera el más increíble hasta la fecha, con muchas fotografías", explicó la señora Johnson. "Yo también me he comprado un vestido", añadió. Sus ojos brillaban con exuberancia juvenil a pesar de su edad.

Diana sonrió ante la sinceridad del amor de la señora por su marido.

"De todos modos, no quiero apartarte de tus obligaciones, querida.

Hablaremos de esto esta noche", la señora Johnson dio por terminada la conversación y se dirigió a su habitación.

Diana cerró la puerta y se duchó rápidamente. Aprovechó el momento de tranquilidad para reflexionar sobre todo lo que estaba ocurriendo.

Hannah Smith. No tiene sentido. Ninguno. ¿Mi abuela estuvo casada anteriormente? Pero eso no se corresponde con lo que sé de su vida y su edad. ¿Por qué la caja no tenía polvo? ¿Quién había estado en el desván? Por absurda que sea esta historia de fantasmas, yo también tengo dudas.

Diana dio rienda suelta a sus pensamientos mientras se ponía rápidamente unos vaqueros azul claro y una blusa azul marino con volantes de gasa en el escote. Luego se calzó unos cómodos zapatos blancos y se apresuró a bajar a la cocina para empezar a cenar.

A mitad de la escalera, oyó un fuerte trueno.

"Parece que se acerca una tormenta", dijo en voz alta mientras miraba por las ventanas del comedor.

Negros nubarrones grises llenaban el cielo, que hacía sólo unas horas era soleado. Un fuerte viento levantaba polvo y restos de basura, y Diana podía oír cómo las cosas se golpeaban en el exterior debido a su fuerza.

Diana corrió a la cocina y dio instrucciones. "Bobby, por favor, mete a Sparky y a Rover dentro".

Examinó la cocina y luego añadió: "Mira a ver si encuentras también a Mittens y Peaches. Parece que se avecina una tormenta inesperada".

"¿No le parece espeluznante, señorita D? Este tiempo, las huellas del viejo Smithy, las extrañas ampliaciones de los huéspedes y la desaparición y repentina reaparición de Mittens", preguntó Bobby, con la voz aparentemente más alta de lo habitual, casi como si tuviera miedo.

Diana se volvió y lo miró con calma.

"Bobby, por favor, lleva a los animales dentro de forma segura antes de que empiece el chaparrón. Y trae todos los trastos sueltos que puedan salir volando con este viento", le ordenó Diana, haciéndose cargo de la situación.

Bobby asintió.

La detective jubilada se dedicó entonces a preparar una cena caliente y sustanciosa. El plato principal era un sustancioso y sabroso estofado de cordero. Lo acompañó con pan crujiente recién horneado y cremoso puré de patatas. Por último, añadió una sencilla ensalada para limpiar el paladar.

Los invitados empezaron a acomodarse en el comedor cuando se dio cuenta de que no había preparado nada para el postre.

Sparky y Rover estaban tumbados uno al lado del otro, cerca del calor del horno, mientras que Peaches y Mittens ronroneaban felices en los cojines de las sillas. Bobby limpiaba las encimeras después de que Diana preparara la cena.

"¡Bobby! Me he olvidado del postre!", rió ella, volviendo del comedor.

Bobby enarcó una ceja.

"¡Es la hora de cenar y no hay nada de postre!". repitió Diana, claramente desconcertada por su propio olvido.

"Señorita D, estoy seguro de que puede preparar algo en un santiamén", la tranquilizó mientras volvía a la limpieza.

"Simplemente prepare una de esas cosas afrutadas con canela. Es rápido y delicioso y estará listo antes de que terminen de comer", añadió Bobby, sin levantar la vista de su tarea.

"¡Ah, Bobby, eres brillante!" exclamó Diana aliviada mientras le daba un rápido abrazo.

Bobby soltó una risita.

Diana preparó un crumble de frutas con los productos frescos del mercado. Pronto la cocina se llenó de aromas de manzanas asadas y melocotones espolvoreados con canela.

El seductor aroma llegó hasta el comedor, donde sus invitados esperaban ansiosos el último plato de la comida.

Cuando Diana lo sirvió, Bobby ofreció a cada comensal una cobertura de nata montada o helado. Todos los comensales masticaron alegremente.

"Bobby, no he tenido ocasión de preguntar. ¿Qué te dijo el veterinario sobre Mittens cuando la llevaste antes?". preguntó Diana, preocupada.

Bobby sonrió mientras miraba a Mittens.

"¿Y bien?"

"Señorita D, todo va bien con Mittens; no se preocupe", contestó Bobby. "Sólo que no ha comido tan bien como si estuviera en casa".

"Mi dulce Mittens, te engordaremos enseguida", susurró ella mientras se volvía hacia la escalera. "Bobby, me voy a acostar temprano. Por favor, cierra antes de irte".

Su ayudante asintió.

Arriba encontró a Mittens ronroneando ruidosamente. Estaba arañando la pared.

"Hola, Baby", Diana arrulló. "No pasa nada. Sé que la tormenta da miedo". Cogió a su gato en brazos y le acarició suavemente el pelaje.

Consoló a Mittens con voz tranquilizadora durante todo el camino por el vestíbulo hasta que llegaron al dormitorio.

Una vez allí, Diana se lavó los dientes, se puso unos pantalones de chándal y una camiseta blanca y se metió en la cama. Había sido un día ajetreado y se sentía inusualmente cansada.

"Una buena noche de descanso nos vendrá muy bien a los dos, Mittens. Mañana descubriré la conexión entre el collar y la pared", anunció mientras se tapaba con la manta.

Mittens no compartió sus pensamientos. Momentos después, la gata salió por la puerta de mascotas y volvió al vestíbulo. Siguió arañando la pared con curiosidad.

Diana no tardó en dormirse. Sus sueños eran vívidos e intensos, en los que se mezclaban todos los acontecimientos.

También soñó con la mirada alentadora de su padre, que siempre la había mirado cuando ella le contaba los misterios que había encontrado a lo largo de su carrera. Siempre fue comprensivo y amable. Cuando los primeros rayos de sol se filtraron a través de las cortinas, las imágenes de su mente eran tranquilas y serenas.

El sábado por la mañana, por primera vez en mucho tiempo, Diana se despertó antes que su despertador. Se sentía renovada y dispuesta a descubrir la conexión entre el collar y la hendidura de la pared.

Eran las 6:05 a.m. Probablemente la mayoría de sus invitados aún dormían. Era la hora ideal para husmear por el vestíbulo sin ser molestada.

Diana despegó las piernas del borde de la cama y se estiró. Después se lavó los dientes, se aseó, se vistió y se dirigió al tocador, cerca de la puerta, para coger el collar.

Cuando llegó allí, el collar ya no estaba. En su lugar había una nota. La letra estaba inclinada y escrita en mayúsculas.

HE VUELTO A MI CASA. NO ESTOY A SALVO POR AHÍ.

Diana sintió escalofríos. Alguien había entrado en su habitación mientras dormía.

Se sintió preocupada por la violación de su intimidad e incluso un poco asustada. ¿Y si estos sucesos estuvieran conduciendo a algo peligroso?

Al principio sospechó que se trataba de un sabotaje empresarial, pero Elliot estaba en el comedor cuando apareció el último juego de huellas. Nadie sabía que ella tenía el collar.

Diana repasó mentalmente los acontecimientos del día anterior.

"¿Señora Johnson?", jadeó en voz alta.

La detective jubilada recordó que la señora Johnson había preguntado por el collar cuando vino a hablar de la cena de aniversario. Sus sospechas se trasladaron a la pareja de ancianos. Diana consideró los hechos.

También podría explicar por qué las huellas tienen diferentes tamaños. Las más grandes son probablemente del señor Johnson, y las más pequeñas podrían pertenecer a su esposa.

Diana pensó en inspeccionar su habitación, pero cambió de idea. Como experta detective, sabía que la verdad saldría a la luz tarde o temprano.

Se ató el pelo oscuro hasta los hombros en una coleta baja y se apresuró a bajar a preparar el desayuno.

Cocinó huevos revueltos, salchichas, beicon y tomates a la plancha. Además, preparó una buena ración de judías al horno y champiñones fritos. Los olores eran tentadores y Diana pensó que un par de magdalenas complementarían perfectamente la comida.

Sacó el libro de recetas de su abuela y hojeó las páginas.

"Magdalenas de chocolate", se anunció a sí misma.

Midió cuidadosamente los ingredientes y los vertió en el bol.

"Buenos días, señorita D", dijo Bobby al entrar en la cocina.

"Buenos días, Bobby", respondió ella alegremente.

Bobby sonrió y miró a su alrededor para ver lo que había que hacer.

"Sé bueno y exprime el resto de las naranjas, por favor", le pidió Diana.

Bobby se puso inmediatamente manos a la obra.

"He venido temprano porque prepararlo todo a tiempo para la cena de esta noche puede llevar más tiempo de lo habitual", añadió.

"¡Oh, sí! La cena de aniversario del señor y la señora Johnson!". exclamó Diana.

La ocasión se le había olvidado hasta ahora. De repente recordó que no había hablado con la Sra. Johnson sobre los detalles del evento.

Sirvió el desayuno mientras Bobby, Sparky y Rover daban su paseo matutino.

"¡Buenos días Diana!" repitió Amy alegremente mientras se dirigía a una mesa.

La detective jubilada sonrió. "Hola, Amy. ¿Has dormido bien?"
Amy asintió.

El Sr. Franklin y los Johnson se sentaron juntos y pronto empezaron a charlar mientras disfrutaban de la deliciosa comida.

"Buenos días Diana", les saludó el señor Johnson mientras la detective jubilada les llenaba el café.

"Buenos días a todos", respondió ella, ocultando su desconfianza.

"Oh, querida, ¿crees que podríamos tener una pequeña charla después del desayuno?". preguntó la señora Johnson con un guiño.

Diana asintió. "Por supuesto. Siento mucho que no pudiéramos hacerlo ayer".

Capítulo 7

Los Johnson querían que a su cena asistieran 20 invitados y le dijeron a Diana que no se preocupara por los gastos que ello conllevaba, sobre todo porque era con poca antelación.

"Después de este gran derroche, pasaremos el resto viajando", explicó el Sr. Johnson.

Diana hizo una lista de artículos y pidió a Bobby que intentara comprarlos todos antes de la hora de comer.

"Bobby, antes de irte, ¿tienes tal vez algún amigo que pueda ayudarnos a organizar esta pequeña fiesta? No tengo ni idea de dónde vamos a conseguir algunas manos extra con tan poca antelación", preguntó Diana esperanzada.

"Claro que sí", respondió Bobby alegremente.

"Diles que estén aquí a mediodía para que podamos tener la fiesta montada y lista a las siete de la tarde. Todavía tenemos que servir la cena al resto de nuestros invitados a las ocho", dijo Diana.

Bobby asintió y salió. Diana corrió escaleras arriba para enviar un mensaje a Miriam.

Hola Miriam, espero que estés bien. Siento no haberte mandado un mensaje hasta ahora. Han pasado muchas cosas. He encontrado una caja extraña en el desván y una hendidura en mi pared. Además, alguien consiguió colarse en mi habitación anoche mientras dormía, ¡y ahora mi collar ha desaparecido! Te lo contaré todo cuando llegues mañana. Que tengas un buen día.

Diana sacudió la cabeza por lo absurdo que sonaba todo aquello.

Desvió la atención hacia la nota blanca y nítida que tenía sobre el tocador. Reflexionó sobre el significado de las palabras.

Luego soltó un grito ahogado. "Por supuesto. Está en el desván".

Rápidamente se dirigió al desván. Ella esperaba que ella podría tratar de averiguar todo esto antes de que Bobby regresó.

La puerta del ático chirrió cuando la abrió de un empujón. La caja estaba donde la había dejado.

Diana la abrió lentamente y encontró el collar en el mismo lugar que antes.

"Si no resuelvo las cosas para mañana, entregaré esta caja a la policía para que tomen huellas dactilares". Susurró para sí misma mientras cerraba la tapa.

De vuelta en el vestíbulo, Amy se paró frente al cuadro de los dos amantes. Diana se metió el collar en el bolsillo cuando vio a su invitada.

"Diana, en realidad te estaba buscando", sonrió. "Hoy me he encontrado con Steven, el nieto del viejo Smithy, en el centro comercial. Se fijó en mí por mi visita".

"Vaya. ¿Tenía algo interesante que decir?", inquirió el viejo detective.

"Pues sí. Dijo que podríamos charlar mañana por la tarde sobre su abuelo y lo que sabe de la leyenda", contestó Amy.

"Así que le invité a comer...", se le cortó la voz, "aquí en el B&B". terminó.

Diana sonrió con satisfacción. "Ya veo.

"También le dije que te encantaría saber más sobre lo que dice la leyenda de este edificio", añadió Amy, con un gesto nervioso, esperando la respuesta de Diana.

"¡Amy!" Diana rió.

La joven se encogió de hombros. "Pronto todos tendremos las

respuestas que queremos. Por cierto, Bobby ha dicho que esta noche habrá un gran acontecimiento en el jardín. La señora Johnson dijo que te dijera que todos tus invitados son bienvenidos, y que no tienes que preparar dos cenas separadas", respondió Amy, cambiando de tema.

"Bueno, eso sin duda facilita las cosas", sonrió Diana.

"Lo que me recuerda que tengo que ir a comprar un traje nuevo. Hasta luego, Diana", dijo Amy mientras se dirigía a las escaleras.

Una vez que Amy estuvo fuera del alcance de sus oídos, Diana retiró el cuadro de la pared y lo colocó con cuidado en el suelo. Se aseguró de dejar suficiente espacio para sus pies para no dañar el marco.

Sacó el collar del bolsillo y lo giró para que el extremo de la pala coincidiera con la dirección de la de la hendidura.

Diana no sabía por qué, pero estaba nerviosa. El ritmo de su corazón aumentó su ritmo mientras movía el colgante hacia la pared.

¡MEEEEOOOOWWWW!

La detective jubilada soltó un suspiro agudo y rápido al oír el sonido y giró la cabeza para mirar detrás de ella. Era Mitones, que estaba allí de pie inesperadamente. Parecía estar esperando algo.

Diana soltó una risita silenciosa. No podía creer que su propio gato la hubiera asustado. Luego reanudó su misteriosa tarea y colocó el colgante en la hendidura.

Oyó un chasquido. Poco después, la pared se deslizó hacia la izquierda y reveló un oscuro y polvoriento pasadizo secreto con una escalera de caracol. Casi tan pronto como se abrió, Mitones saltó hacia delante y corrió a toda velocidad hacia la oscuridad.

"¡Mittens, no! Vuelve!" gritó Diana, pero su gato ya se había ido.

Diana se dio cuenta de que había una linterna encendida colgando de un gran gancho en la pared derecha. Entró en el pasadizo y descolgó el farol. Al hacerlo, la pared que tenía detrás se cerró.

Respiró hondo y siguió el camino escaleras abajo,

"¡Mittens!", llamó. "¡Ven aquí, niña!"

Estaba en silencio, y las escaleras continuaron durante un rato antes de llegar a una superficie plana donde continuaba el camino.

La detective jubilada estaba segura de que ahora se encontraba bajo tierra. Caminó unos diez minutos hasta que el sendero giró bruscamente a la derecha.

Podía oír a Mittens arrastrando los pies.

Al cabo de otros dos minutos, vio una gran puerta arqueada en la pared de la derecha, pero el camino continuaba más allá.

Levantó la linterna para mirar dentro de la habitación. No había telarañas y había una gran alfombra roja en medio del suelo.

En una esquina había un sofá antiguo de dos plazas. Se parecía a uno que tenía su abuela.

Entonces oyó maullar.

Con cautela, la detective jubilada entró en la habitación oculta. Levantó la linterna para aumentar su visibilidad.

En un rincón había una gran cesta con ovillos de hilo de diferentes colores. También había restos de todo tipo de materiales. Cuando Diana se acercó, los vio.

"Awww, Mittens. De aquí sacaste ese ovillo de colores. Por eso estabas arañando la pared ayer", dijo Diana en voz baja.

Miró más de cerca lo que la rodeaba. Era bastante acogedor y, al mirarlo más de cerca, encontró una estantería llena de libros.

¿Qué es este lugar? se preguntó Diana.

"Mitones, creo que tenemos que volver a la posada de los panaderos", susurró Diana.

Con cautela, se dirigió hacia atrás, llevando a Mitones. Cuando el camino terminó, tanteó en torno a una manera de empujar la puerta oculta abierta. No estaba segura de cómo podría salir, pero sabía que tenía que haber una forma. Sólo era cuestión de averiguar cómo. Colgó la linterna en el gancho para obtener mejor luz y, de repente, la pared se abrió.

"El peso de la linterna debió de provocar la apertura de la puerta secreta", se maravilló.

Cuando volvieron al vestíbulo, Diana dejó a Mittens en el suelo, retiró el collar de la pared y se lo guardó en el bolsillo. En cuestión de segundos, la puerta secreta se cerró.

Volvió a colocar el cuadro en su sitio con cuidado y lo enderezó.

"He renunciado a ese cuadro, señorita D", anunció Bobby mientras caminaba hacia ella.

Diana sonrió a Bobby. Él había parecido tan asustado por todo lo que había estado sucediendo, así que ella decidió guardar su descubrimiento para sí misma.

"Ah, sí, lo sé. Siempre parece que se cae torcido al cabo de unas horas", rió entre dientes.

Bobby asintió. "En realidad sólo he subido para decirte que he conseguido todos los objetos de la lista".

"Fantástico, Bobby. Bajaré dentro de un rato para preparar la comida y empezar pronto con la cena".

"Señorita D, además, algunos de los chicos ya están aquí... ¿las manos extra que pediste?".

"Maravilloso", Diana sonrió. "Eso significa que tú y tus amigos podéis empezar a montar las mesas y a poner la decoración".

"¿Cómo quieres que se haga?" preguntó Bobby.

Diana disfrutaba supervisando todo, pero hoy tenía las manos ocupadas.

"Hmmm. Puedes ver cómo encaja todo mejor, pero deja suficiente espacio entre las mesas y la piscina. No queremos accidentes".

"¿Quieres que decida yo?" preguntó Bobby, sorprendido.

Diana asintió con seguridad. "Por supuesto, Bobby, confío en tu criterio".

Bobby sonrió ante la fe de Diana en sus habilidades.

"No la defraudaré, señorita D", respondió mientras bajaba corriendo las escaleras.

Diana se dio una ducha rápida para quitarse el polvo y se apresuró a bajar a la cocina para preparar el almuerzo.

Peaches y Mittens descansaban perezosamente bajo la luz del sol que entraba por la ventana de la cocina.

"Tenemos que hacer un almuerzo sencillo. Tengo que guardar toda mi magia culinaria para el festín de esta noche", dijo en voz alta a sus mascotas.

Diana se decidió por unos rollitos de pollo César, sopa de pollo con fideos, champiñones rellenos y pan de ajo. Trabajó con rapidez y cariño y lo preparó todo en una hora.

Bobby sirvió el almuerzo mientras ella comenzaba la colosal tarea de preparar un banquete de aniversario.

La Sra. Johnson tenía ideas espléndidas para el evento, y Diana estaba decidida a llevarlo a cabo.

Tenía todo listo 15 minutos antes y estaba bastante satisfecha.

"¡Bobby, esto es absolutamente impresionante!" Diana anunció al entrar en el jardín trasero.

Unas banderolas azul marino y plata ondeaban con la brisa. Globos de helio del mismo color decoraban el jardín y estaban atados con mucho gusto. Asientos y mesas cuidadosamente cubiertos esperaban a los invitados; cada uno tenía un centro de flores frescas.

Bobby y sus amigos habían transformado la piscina en un oasis resplandeciente. Cientos de velas parpadeantes flotaban en su superficie.

El bufé estaba dispuesto en forma de L, con una tarta plateada de dos pisos en un extremo. Estaba rodeada de 100 magdalenas, cada una adornada con un adorno que ponía 40.

Como aperitivos, Diana preparó cócteles de gambas, pasteles de cangrejo y canapés de salmón ahumado. La Sra. Johnson quería un menú de marisco y pescado.

Los platos principales fueron paella de marisco, lubina a la sartén y colas de langosta a la parrilla untadas con mantequilla de hierbas y ajo. Al otro lado de la mesa había un tierno filete de buey a la parrilla y pollo asado a las hierbas.

También había una gran variedad de guarniciones. Entre ellos, mazorca de maíz con mantequilla, espárragos a la parrilla y ensalada de quinoa.

A la hora del postre, Diana no defraudó. Además de la llamativa tarta de dos pisos y los cupcakes, ofreció múltiples opciones para los más golosos.

Los invitados podían deleitarse con tarta de lima, fresas cubiertas de chocolate, tarta de crema de coco o parfait de arándanos.

La detective jubilada se había esforzado al máximo. Sin duda ayudó el hecho de que la Sra. Johnson permitiera a sus huéspedes unirse a la fiesta.

Cuando la señora Johnson regresó de su viaje a la peluquería, Bobby le impidió ir al jardín trasero.

"Diana insiste en que sea una sorpresa", explicó. "Haremos que sus invitados se sienten, y usted y el señor Johnson podrán bajar juntos a las siete y media de la tarde".

La señora Johnson aceptó entusiasmada y subió corriendo a cambiarse mientras llegaban muchos de sus invitados. Bobby y sus amigos ayudaron a sentar a todo el mundo.

Diana puso música suave y preparó su cámara ya que quería grabar la reacción de la pareja cuando entraran.

Capítulo 8

Diana ordenó a los invitados que guardaran el mayor silencio posible mientras esperaban el momento de aclamar a la pareja que entraba en el jardín. Pulsó el botón de grabación de su cámara, anticipándose a su llegada.

Bobby los acompañó desde la escalera hasta la cortina de la puerta corredera del jardín trasero. Entonces descorrió la cortina revelando el espectacular escenario, y todos los invitados se pusieron en pie y les aplaudieron.

Los rostros del Sr. y la Sra. Johnson se iluminaron de alegría. Estaban agradecidos por los años que habían pasado juntos y por todos los que habían venido a celebrar este hito con ellos. Sus corazones se hincharon de amor mientras se cogían de la mano y se dirigían a través de la multitud hacia la mesa que Diana había preparado para ellos.

"Vaya, Diana, esto es simplemente maravilloso", exclamó con alegría la Sra. Johnson.

Se sentó a la mesa y examinó la decoración. Apreció la atención que Diana prestaba a los detalles. El decorado era impecable.

Bobby y sus amigos se ofrecieron como camareros. Todos charlaron y rieron. También hubo varios brindis y discursos sinceros.

Louis, uno de los amigos de Bobby, hizo de DJ y entretuvo a los asistentes con canciones conocidas.

Después de comer, los Johnson se lanzaron a la pista de baile. Sorprendieron a todos con lo ágiles que eran, y sus movimientos fueron impresionantes.

Diana y los invitados aplaudieron y vitorearon a la pareja de ancianos, que se reía y disfrutaba del protagonismo.

Muchos invitados no tardaron en seguir su ejemplo, y fue una ocasión jovial para todos. Diana, Amy y Elliot hicieron muchas fotos.

A las 10 de la noche, la mayoría de los invitados se marcharon. Bobby y Diana limpiaron y fregaron todos los platos que pudieron. Estaban agotados tras un duro día de trabajo, pero la fiesta había recaudado una cantidad considerable de dinero.

"Bobby, dile a tus amigos que son bienvenidos a un almuerzo gratis el próximo fin de semana, y cada uno de ellos puede traer un acompañante. Se merecen algo especial por haber organizado todo esto tan rápida y espléndidamente", dijo Diana mientras fregaba una sartén.

"Estoy segura de que les gustaría mucho", respondió Bobby.

Terminaron de limpiar poco antes de medianoche y Diana se dispuso a dormir.

"Buenas noches, Bobby. Nos vemos por la mañana", bostezó Diana mientras se dirigía al comedor.

Estaba a punto de cerrar la puerta corredera cuando vio que los Johnson seguían sentados fuera. Estaban hablando y riendo cuando la Sra. Johnson la vio allí de pie.

"Diana, acompáñanos", le dijo alegremente.

La anciana detective sonrió y caminó hacia ellos.

"No quería interrumpir", respondió, "sólo estaba cerrando por esta noche".

"Ah, sí, estábamos mirando las estrellas y hablando, pero supongo que es tarde", contestó el señor Johnson, preparándose para levantarse.

"Estábamos hablando de la última vez que asistimos a una fiesta como la de esta noche", intervino la señora Johnson. "Era la boda de nuestro hijo, y todos nos dimos cuenta demasiado tarde de que no habíamos contratado un equipo de limpieza. Así que allí estábamos, con nuestros elegantes trajes limpiando el salón de recepciones". La señora Johnson se rió al recordarlo.

Diana soltó una risita.

"Pobre Claire, nuestra nuera, tuvo una noche de bodas que no olvidará, en el peor de los sentidos", añadió el Sr. Johnson, riendo entre dientes.

La señora Johnson resopló de risa ante el comentario de su marido.

"Ah, pero aunque sea hilarante, en realidad no estamos tan mal. Les pagamos una luna de miel de tres semanas en las Seychelles para compensar", justificó la señora Johnson.

"Ah, sí, eso costó un ojo de la cara", recordó el señor Johnson mientras su rostro recuperaba una expresión más seria. "Es un hermoso grupo de islas, frente a la costa africana. Y hace calor todo el año porque es una región ecuatorial", añadió.

"¿Has estado alguna vez allí, Diana?". preguntó la señora Johnson.

Diana sonrió y negó con la cabeza. "No, no he viajado mucho", admitió la vieja detective. "Mi carrera fue el punto central de mi vida, y aunque estoy agradecida de haber visto la mayor parte de este país, no he estado en otros lugares".

El Sr. Johnson sonrió amablemente. "Ah, pero hay un montón de sitios impresionantes aquí mismo, en Estados Unidos".

"Ah, sí", añadió la Sra. Johnson. "Hace un par de años hicimos un viaje por carretera de un mes. Exploramos muchos lugares fascinantes".

Diana disfrutó de su conversación. Parecían sinceros. Los temas variaban desde recuerdos y ocasiones especiales hasta elementos más generales.

La pareja habló de sus tres hijos, que ahora vivían todos en el extranjero. Le hablaron de sus viajes y de cosas interesantes que les habían ocurrido en la vida.

Al cabo de un rato, la conversación se desvanece en un cómodo silencio y los tres se sientan a contemplar las estrellas en una noche despejada.

"Ha sido una buena vida, ¿verdad, Grace?". susurró cariñosamente el Sr. Johnson, rompiendo el silencio.

La Sra. Johnson asintió. "Oh, sí, lo ha sido. Muchos altibajos, sin duda, pero ha sido un viaje increíble. No me gustaría haberlo compartido con nadie más".

Una sola lágrima se formó en el ojo del Sr. Johnson.

"Diana, gracias. Gracias por una noche absolutamente increíble", dijo sinceramente la señora Johnson mientras colocaba su mano sobre la de Diana.

La detective jubilada se volvió hacia ella y sonrió. "De nada, señora Johnson. Es un honor para mí haber formado parte de un momento tan especial y emocionante en sus vidas."

"Supongo que entonces será mejor que nos vayamos todos a la cama", dijo finalmente el señor Johnson, levantándose de la silla. "Es suficiente charla sensiblera por una noche", añadió con una suave risita.

Diana y la señora Johnson soltaron una risita.

"Oh sí, pasarán otros 40 años antes de que le saque otra frase sentimental", se burló la señora Johnson.

El Sr. Johnson suspiró. "Lo guardo para los momentos que importan". Luego, guiñó un ojo. Los tres entraron.

Diana se aseguró de cerrar todas las puertas. Finalmente subió las escaleras y se dirigió a su habitación. Se sentía bien después de la charla. Fue una conversación reconfortante.

Decidió que los Johnson no tenían la culpa de los extraños sucesos. Incluso se sintió culpable por sospechar de la pareja de ancianos.

La detective jubilada se dio una ducha caliente y se puso un cómodo pantalón de chándal gris y una camiseta.

De repente, recordó que alguien había estado en su habitación la noche anterior. Por precaución, cerró la puerta con llave.

Lo que más le preocupaba era que, fuera quien fuera el intruso, no había alarmado a Sparky ni a Rover. Eso significa que tiene que ser alguien que conocen.

Rover estaba dormido en su cama, así que se acurrucó a su lado y cerró los ojos. Estaba agotada, pero no podía dormirse.

No podía dejar de preguntarse cosas.

Todos estos sucesos ocurrieron después de que llegara mi último grupo de invitados. Estas personas no tienen conexión entre sí, así que no puede ser un esfuerzo grupal. Tiene que ser uno de ellos. Elliot admitió que vigila a la competencia, pero no fue él quien causó las huellas.

El Sr. y la Sra. Johnson están en la ciudad para recordar el pasado y disfrutar de su 40 aniversario en el pueblo donde se conocieron. Parecen demasiado sinceros para ser los culpables.

Amy ha sido franca y servicial desde el primer día aquí. Es un libro abierto y también está dispuesta a llegar al fondo del misterio. No creo que pueda ser ella.

Bobby ha estado trabajando aquí desde que abrí el B&B. Confío en él. No puede ser él. ¿No?

La mente de Diana trabajaba horas extras. Todo el mundo era un sospechoso potencial, pero casi todo el mundo parecía que tampoco podía ser el culpable.

La detective jubilada intentó encajar todas las piezas del rompecabezas. Sus pensamientos se nublaron y empezó a dormitar. Entonces, con un grito ahogado, se incorporó.

"¡Sr. Franklin!", se dijo a sí misma. Tenía sentido. Era solitario, sólo hablaba de lo necesario y nadie sabía por qué estaba en la ciudad. Tampoco pareció inmutarse demasiado cuando aparecieron las huellas.

Si era el Sr. Franklin, ¿por qué le había dejado la pista sobre el desván? ¿Por qué colarse en su habitación y llevarse el collar? ¿Y cómo iba a saber él de un pasadizo secreto cuando ella ni siquiera lo conocía?

Diana decidió tener una charla amistosa con él durante el desayuno. Tal vez le diera alguna pista.

Pronto su mente se calmó y el sueño la envolvió. Durmió plácidamente toda la noche.

La mañana parecía llegar demasiado deprisa. Diana apagó el despertador y miró el teléfono con entusiasmo. Miriam llegaría ese mismo día. Envió un mensaje a su amiga.

Diana: Buenos días, Miriam. Buen viaje. Estoy deseando verte.

Luego, saltó de la cama y eligió un atuendo para el día. Se decidió por un vestido de verano rosa y negro que le llegaba por encima de los tobillos.

Luego se peinó y se recogió el pelo en un moño en la coronilla. Se preparó para el día con el dulce sonido de los pájaros que piaban junto a su ventana.

Después ordenó su habitación y bajó las escaleras.

Aún era temprano, pero Diana decidió preparar el desayuno. Hojeó las páginas de su libro de recetas. Quería hacer algo diferente.

"Hmmm, gofres belgas", pensó en voz alta.

Después de unos minutos, se decidió y se puso a buscar todos los ingredientes en la cocina. Le faltaban un par de cosas después del festín de la noche anterior.

Colocó dos sartenes en su cocina de cuatro placas. En una casca varios huevos y en la otra coloca las salchichas del desayuno.

Luego preparó una tanda de sus famosas patatas fritas con queso. Eran poco convencionales, pero sus invitados siempre le felicitaban por su sabor.

Mientras los fritos chisporroteaban en el fuego, preparó una rica masa para gofres belgas de chocolate. El plan era cubrirlos con rico helado de vainilla casero y jugosas bayas.

Echó un vistazo a la despensa. Le pareció que necesitaba añadir algo más.

Entonces sonrió. "Por supuesto", anunció. "Platos de fruta fresca".

La detective jubilada cortó una gran variedad de frutas y las colocó en un atractivo expositor. Había arándanos, frambuesas, trozos de piña, manzanas cortadas en rodajas finas y plátanos. Preparó tres fuentes y las llevó al comedor.

"Buenos días, Bobby", le saludó al abrir la puerta.

"Hola, señorita D", respondió él.

"Me sorprende que hayas llegado tan temprano. Anoche fue bastante tarde".

Bobby contestó: "Valoro este trabajo. Ya es bastante con haber faltado un día esta semana".

Diana sonrió. "Sírvete un gofre belga y una taza de café en la cocina. Es la primera vez que pruebo esa receta, y parece que he hecho demasiados".

Bobby fue a la cocina y Diana colocó los platos y los cubiertos en cada una de las mesas. El señor Franklin fue el primero en bajar.

Diana respiró hondo. Sabía que tenía que tener tacto. Después de todo, seguía siendo su invitado.

"Buenos días, señor Franklin", lo saludó alegremente.

"Hola, Diana", respondió él con una sonrisa. "¿Nos tienes preparado otro festín de rechupete?".

El detective jubilado sonrió amablemente: "Creo que sí. Espero que te gusten los gofres belgas".

"Oh, suena bien, pero admito que quería algo salado para empezar".

"Entonces no te decepcionará", comentó Diana.

En ese momento, Bobby salió de la cocina. Llevaba bandejas de comida a la mesa del bufé.

"¿Te irás después del desayuno?", le preguntó mientras le llenaba la taza de café.

"Vaya. He olvidado solicitar otra prórroga", jadeó, y sus ojos se abrieron de par en par.

"¿Qué quieres decir? preguntó Diana.

"Bueno, mis asuntos en la ciudad no están del todo terminados", dijo con tono grave. "Quería quedarme una noche más, si es posible".

A la detective jubilada se le revolvió el estómago. Se sintió incómoda, pero mantuvo la calma.

"Claro, puedo acomodarlo", respondió alegremente. "No sabía que tuvieras un negocio aquí".

Se hizo la interesante, esperando que él le diera alguna indicación de por qué estaba en la ciudad.

"No. No tengo negocios aquí. Sólo tengo asuntos que hacer. Asuntos privados y cosas así", respondió con frialdad.

Diana asintió.

Elliot bajó las escaleras y saludó a todos.

"Diana, ¿me haces el favor de servirme un café?", pidió.

"Por supuesto, Elliot", respondió ella con calidez y se dirigió hacia su mesa.

Había algo en el señor Franklin que no le gustaba.

Capítulo 9

"Diana, ¿qué tienes planeado para comer?". preguntó Amy mientras devoraba lo que quedaba de su gofre belga.

"Bueno", vaciló la dueña del B&B. "Todavía no estoy segura. Espero que no tengas hambre". Bromeó.

"No, estaba pensando que podríamos hacer una barbacoa relajante", sugirió Amy.

"Eso sería divertido", dijo el Sr. Johnson. "Hace mucho que no voy a una barbacoa".

"Estoy de acuerdo", añadió la señora Johnson.

Diana soltó una risa nerviosa. "¿Una barbacoa?"

"Me encantaría. Comer al aire libre anoche fue refrescante. Me gustaría repetirlo antes de irnos", añadió el señor Franklin.

Diana sacudió la cabeza y sonrió. "Bueno, no es una comida convencional de B&B. ¿Qué te parece, Elliot?".

"Oh, bueno, no voy a estar aquí para el almuerzo", respondió torpemente.

La habitación se quedó en silencio mientras todos reflexionaban sobre su declaración.

"He quedado con un agente inmobiliario", añadió mientras fruncía los labios.

Diana sabía lo que significaba. Elliot consideraba que la ciudad era adecuada para un centro de vacaciones.

No queriendo añadir más molestias, asintió.

"Supongo que la mayoría manda entonces. Pues que haya barbacoa". Diana anunció.

Los invitados aplaudieron.

Después del desayuno, Diana subió e intentó ponerse en contacto con Miriam.

Hola Miriam, espero que estés bien. He intentado llamarte un par de veces. Mándame un mensaje cuando pares a repostar o algo. Vamos a hacer una barbacoa para comer. Hasta pronto.

Diana enchufó el móvil al cargador y se preguntó por el pasadizo secreto. Sabía que la mayoría de sus invitados estarían fuera hasta la hora de comer. Pero no estaba segura de dónde estaría Bobby. No quería que descubriera la puerta oculta.

Sacó la llave del collar y pensó en inspeccionar de nuevo el pasadizo. Caminó hacia el cuadro, pero antes de que pudiera quitarlo, oyó pasos.

"Señorita D, tengo que salir un momento, si no le importa. Necesito comprar un par de cosas para la barbacoa", dijo Bobby.

"No hay problema, Bobby. Yo también saldré un rato dentro de un rato. Si vuelves y la puerta principal está cerrada, que sepas que volveré a las once y media".

Bobby asintió y se apresuró a bajar las escaleras. Diana esperó unos minutos y cerró la puerta por dentro. No quería arriesgarse a que nadie descubriera el pasadizo hasta que ella misma supiera más.

Con cuidado, colocó la pala en la hendidura y la puerta secreta de la pared se abrió como antes. Esta vez, Diana tenía una linterna. Quitó la linterna del gancho para que el pasadizo se cerrara tras ella.

Diana iluminó la escalera con la linterna. Sabía que disponía de unas dos horas para explorar y quería empaparse de todos los detalles para poder reconstruir el rompecabezas de este misterio.

Examinó la escalera. Estaba hecha por expertos. A Diana le pareció una maravilla arquitectónica.

El artesano había utilizado piedra resistente para los peldaños y hierro forjado para las balaustradas, las barandillas y los pasamanos. Era lo bastante ancha como para que una persona pudiera moverse cómodamente.

Cuando Diana llegó a la parte inferior de la espiral, apuntó hacia ella con la linterna. Detrás de la escalera había un sólido muro de piedra.

Siguió el camino que conducía a la habitación oculta. Estaba polvoriento, pero era evidente que el lugar había recibido mucho tráfico peatonal. Diana estuvo atenta a cualquier movimiento o voz, pero todo estaba en silencio.

Finalmente, llegó a la habitación oculta. Estaba segura de que el sofá formaba parte del conjunto que tenía su abuela.

Tal vez se lo habían robado.

Pasó los dedos por la estantería cubierta de polvo y reconoció algunos libros. Muchos de ellos eran los favoritos de su abuela. Otros eran novelas de temática vaquera.

Había cojines de colores esparcidos por el suelo y algunos peluches. Parecían de los que se pueden ganar en una feria.

Nada de aquello tenía sentido para Diana. Se sentó en el sofá y trató de averiguar qué se estaba perdiendo. Al sentarse, sintió algo frío en la espalda.

Se levantó de un salto y apuntó con la linterna al lugar donde estaba sentada.

"¿Una llave?", susurró.

La base de la llave asomaba por detrás del respaldo. La sacó lentamente y la inspeccionó.

Era una reliquia antigua, grande y pesada, de latón macizo. El eje era alargado. Diana la acarició y evaluó cómo los dientes dentados de la mordedura tenían una forma única. Toda la llave tenía muescas e imperfecciones.

Aquello despertó la curiosidad de la detective jubilada.

"¿Qué abre?", preguntó mientras la miraba con curiosidad.

Examinando la habitación una vez más, Diana llegó a la conclusión de que lo que fuera que abriera la llave no estaba en esta habitación.

Volvió al pasadizo secreto. Pensó en volver al B&B, pero decidió adentrarse más en la oscuridad.

¿Qué otros secretos esconden estas paredes?

Diana meditaba sobre el misterio mientras caminaba.

El camino se estrechaba, pero aún podía seguirlo cómodamente. Le pareció que habían pasado veinte minutos cuando vio un rayo de luz a lo lejos.

Se dirigía hacia ella cuando vio otra puerta en la pared. Contenía una gran vela.

Diana aspiró. Tal vez sea aquí donde el viejo Smithy escondió su tesoro.

Probó el picaporte. Estaba cerrada.

"¡Para eso es esto!", susurró mientras introducía la llave.

Giró.

"Bingo", dijo emocionada.

Abrió la puerta y al instante cayeron montones de tierra gris. Diana tosió profusamente y se apartó.

Cuando la suciedad se asentó, miró dentro. No había más que enormes rocas grises y escombros que bloqueaban su vista.

"Deben de haber cerrado esto por alguna razón", dijo en voz alta. Entonces, la detective jubilada forzó la vieja puerta, la cerró con llave y continuó hacia la luz.

Cuando vio que estaba a pocos metros de la luz, reconoció su entorno. Estaba en la vieja mina.

Era uno de los pasadizos que el viejo Smithy había declarado inseguros. Diana se había quedado sin aliento.

La detective jubilada se tomó unos minutos para recuperar el aliento y regresó a Bakers Inn. Disfrutó de su pequeño paseo, pero seguía sin tener respuestas.

Tal vez fue Elliot quien abrió el pasadizo. Aquel día lo encontramos solo en la mina.

Diana no paraba de pensar. Tenía cientos de sospechas pero ninguna prueba concreta.

"Vamos, chica, te estás agarrando a un clavo ardiendo", se reprendió a sí misma mientras volvía a colocar la linterna en el gancho de la pared. La puerta secreta se abrió como había previsto y volvió al vestíbulo.

Entonces enderezó el cuadro y vio que sus dedos habían dejado marcas negras en el marco.

"Tengo que limpiarlo. Justo después de limpiarme", murmuró, dándose cuenta de que ella y su vestido de verano estaban cubiertos de polvo.

Miró la hora. "Las once. Eso me da tiempo suficiente para ducharme y preparar la comida para la barbacoa".

Diana se duchó y se lavó el pelo. Se puso unos vaqueros azul claro y una camisa blanca de raso. Era un día caluroso, así que se dejó secar el pelo al aire. Se formaron suaves rizos que enmarcaban su rostro con belleza.

La detective jubilada limpió primero las huellas polvorientas del marco del cuadro antes de bajar corriendo a abrir la puerta principal. Después, se dirigió a la cocina.

Rebuscó en los armarios, buscando los utensilios para la barbacoa.

De repente, sintió que Melocotón le rozaba los tobillos y se agachó para acariciar su suave pelaje.

"Hola, cariño", sonrió Diana. "Debo de parecer un poco tonta, yendo de un lado para otro así, lo sé". Soltó una risita.

Después de encontrar todo lo que necesitaba, Diana marinó el pollo y preparó varias ensaladas.

Diana cortó diferentes tipos de verduras y las colocó en brochetas para asarlas.

"Eh, señorita D, creo que he conseguido todo lo que necesitamos", anunció Bobby con las manos llenas de bolsas de la compra.

Diana se echó a reír. "Me has asustado, Bobby. Estaba tan ocupada que ni siquiera te oí entrar".

"¿Quieres que empiece a preparar todo fuera?", respondió él.

Diana asintió. "Sí, por favor, usa las mismas mesas y sillas que usamos anoche".

La dueña del B&B sabía exactamente lo que quería preparar de postre. Era una tradición. Siempre que sus padres hacían una barbacoa, ella sabía que de postre le esperaba una apetitosa tarta de manzana y unos brownies.

Empezó con la compota de manzana cuando su teléfono empezó a sonar. Metió la mano en el bolsillo. Era un mensaje de Miriam.

Miriam: Hola Diana, perdona por responder ahora. En algunos sitios había poca cobertura. Debería estar allí a las dos y media, así que puede que me pierda la comida. Guárdame algo rico, ¿quieres? Estoy deseando verte.

Diana se alegró de que su amiga llegara pronto.

Terminó los preparativos, puso el temporizador y metió la tarta en el horno.

"Señorita D, creo que todo está listo. ¿Puedo ayudar en algo?" Bobby preguntó, asomando la cabeza por la puerta.

"Sí, por favor. La carne está lista para que la ases y puedes llevar una jarra grande de limonada a cada mesa", respondió ella.

¿Saco también los refrescos?", preguntó él.

"Bueno, esperemos un poco y dejémoslos en la nevera para que se mantengan fríos".

Muy pronto, todos menos Amy estaban reunidos en el jardín trasero mientras Bobby asaba perritos calientes y hamburguesas.

Todos estaban alegres y hablando de la noche anterior.

Diana esperaba nerviosa la llegada de Amy y del nieto del viejo Smithy.

Deseaba desesperadamente llegar al fondo de la cuestión y esperaba que su encuentro aportara algunas respuestas.

La mayoría de los invitados estaban disfrutando de la comida cuando Amy y Steven por fin llegaron. Se acercaron a Diana.

Steven no era como ella se lo había imaginado. Tenía unos cincuenta años, era un hombre apuesto y robusto, de ojos verdes y pelo negro plateado. Llevaba una camisa blanca, vaqueros azules y botas de cuero marrón.

"Diana, éste es Steven, el nieto mayor del viejo Smithy", les presentó Amy.

"Encantada de conocerte", respondió la dueña del B&B.

"He oído que tienes bastante curiosidad por la leyenda de mi abuelo".

Diana se sintió incómoda. "Bueno, me gustaría saber más sobre él". Contestó.

Steven sonrió amablemente. "La mayoría de los rumores no son ciertos, por supuesto. Pero me prometieron una comida a cambio de la información que voy a divulgar", bromeó.

"Oh, sí, sin duda", respondió Diana, sintiéndose más cómoda. "Toma asiento, y Bobby traerá unas hamburguesas y perritos calientes de la parrilla".

"Por favor, únete a nosotros", pidió Steven. "Hablo mejor con la boca llena". bromeó.

Diana soltó una risita. "Por supuesto. No deje de probar la ensalada de patata. Me han dicho que es un éxito".

El trío se sentó en la mesa más cercana a la piscina, y Amy y Diana miraron a Steven con expectación.

Su invitado dio un buen mordisco a su hamburguesa y finalmente habló.

"Se llamaba Olden Smith. Por eso la leyenda habla de Old Smithy. No es porque fuera viejo", dijo.

Diana y Amy intercambiaron miradas.

"Ves, eso es un rumor puesto a descansar", se rió. "Hablando en serio, mi abuelo era un hombre chapado a la antigua, trabajador y amable. Enviudó muy joven y canalizó su dolor en su trabajo".

Diana escuchó atentamente.

"Él creía que si trabajas muy duro, con el tiempo, cualquier herida emocional se va. Era generoso y cariñoso e intentó dar a sus hijos lo mejor que pudo". Steven sonrió al recordar.

"¿Te acuerdas de él?" preguntó Amy.

"Tengo recuerdos débiles. Tenía cinco años cuando falleció. Pasó la mayor parte de su vida en esa mina, y allí también murió. Fue un accidente terrible. La mayoría de la gente cree que frecuenta el lugar o que nunca recuperaron su cuerpo. Pero nosotros lo hicimos, y tuvimos un funeral privado y todo", explicó.

"Vaya. Entonces, ¿de dónde vienen los rumores?" preguntó Amy.

Steven se encogió de hombros. "Es un pueblo pequeño, la gente cotillea. A él le gustaba mantener las cosas en privado, y nosotros lo respetábamos. No tenía nada de avaricioso ni de loco. Trabajar sólo le ayudaba a no pensar en su dolor. Hasta que finalmente dejó de lamentarse".

"¿Cuándo fue eso?" preguntó Amy.

Steven, en efecto, profundamente. "Muchos, muchos años después. Para entonces, trabajar duro se había convertido en algo habitual para él, pero me alegra saber que cuando falleció, era feliz." Terminó.

"Gracias por compartir eso con nosotros", respondió Diana.

"Y gracias por el almuerzo. Debo irme ya", anunció mientras se levantaba de la silla y se marchaba.

Diana se sintió más desconcertada que nunca. Empezó a recoger las mesas y a llevar los platos a la cocina cuando oyó una voz demasiado familiar.

"Diana, ya estoy aquí", anunció Miriam al entrar por la puerta principal.

No llevaba mucho equipaje, sólo una simple bolsa de viaje y su bolso.

La detective jubilada dejó los platos y se apresuró a abrazar a su vieja y querida amiga.

"¡Miriam, me alegro tanto de que estés aquí!", exclamó. "Ha sido una semana de locos. Te llevaré a tu habitación, y después hay algo que debo enseñarte".

Capítulo 10

Diana acababa de meter en el horno una cazuela grande para la cena.

"Bobby, échale un ojo a esto, ¿quieres?".

Su ayudante asintió con una sonrisa.

"¿Te importaría servir la cena esta noche? Además de la cazuela, hay champiñones salteados, patatas asadas, maíz al vapor y ensalada. El postre es la tarta de patata dulce favorita de Miriam. Todo está ya preparado. Todo lo que tienes que hacer es sacar la cazuela en 10 minutos".

"No hay problema señorita D. Yo me encargo de todo. Tu amiga ha venido desde muy lejos para verte", respondió Bobby amablemente.

"Gracias, Bobby", contestó ella antes de encaminarse escaleras arriba.

¡KNOCK! ¡KNOCK! ¡KNOCK!

"Adelante", llamó Miriam.

Diana entró en la habitación y se sentó en la cama junto a su amiga.

"Debes de estar muy cansada después de un viaje tan largo. Te he guardado un poco de tarta de manzana, y también hay un par de hamburguesas".

Miriam sonrió. "Te he echado de menos. Disfrutaré de esas delicias un poco más tarde. Ahora tengo curiosidad por saber qué quieres enseñarme".

La dueña del B&B metió la mano en el bolsillo de sus vaqueros y sacó el collar.

"Encontré este collar en el desván", susurró.

"Es una joya única, Di", comentó Miriam.

Diana sonrió con satisfacción. "Abre un pasadizo secreto", añadió, sabiendo que despertaría la curiosidad de su amiga.

"Estás de broma", replicó Miriam.

La detective jubilada negó con la cabeza. Tenía los ojos muy abiertos por la emoción. Estaba tan contenta de tener a alguien con quien compartir esta información. Quizá Miriam la ayudara a resolverlo; habían formado un buen equipo de detectives durante muchos años.

"Déjame verlo", le pidió Miriam.

Diana asintió y la pareja se dirigió al vestíbulo. Ella levantó el cuadro, introdujo el colgante y la puerta secreta de la pared se abrió.

"¿Qué? exclamó Miriam con incredulidad.

"Necesitarás esto. Está muy oscuro ahí dentro", explicó Diana, pasándole una linterna extra a su amiga.

Cuando entraron, Diana descolgó la linterna del gancho y la puerta secreta de la pared se cerró tras ellas.

"Oh, Dios mío", jadeó Miriam. "Espera, ¿eso son escaleras?", preguntó, alumbrando con la linterna.

"Sí, baja bastante", advirtió Diana.

"¿Qué es ese ruido?" preguntó Miriam.

Se oyó un suave arrastrar de pies y, justo entonces, Diana sintió que algo le pasaba por encima del pie.

"¡AAAH!", gritó la dueña del B&B dejando caer la linterna.

"Es una rata", comentó Miriam mientras apuntaba con la linterna al roedor.

La pareja se echó a reír y Diana se agachó para recoger la linterna. No estaba demasiado dañada, aunque sí abollada por un lado.

"Estoy a favor de explorar, pero déjame ponerme un par de zapatos cerrados antes de aventurarnos ahí abajo", dijo Miriam.

"Estoy de acuerdo", rió Diana.

Dieron media vuelta y ella colgó la linterna en el gancho. Sorprendentemente, la puerta secreta de la pared no se abrió. Tal vez fuera porque la linterna estaba dañada.

La quitó y volvió a intentarlo. Pero la pared seguía en su sitio.

"¿Qué pasa, Diana? Miriam preguntó.

"Estamos atascados.

"¿Qué quieres decir con que estamos atascados?". preguntó Miriam con preocupación.

"Suelo colgar la linterna en el gancho y la puerta secreta se abre", explicó Diana.

La detective retirada probó entonces a tirar del gancho con los dedos, pero no tuvo suerte abriendo la puerta.

"Diana, no podemos pasar la noche aquí", dijo Miriam.

La dueña del B&B pensó un momento y luego dijo: "Hay otra salida a través de la vieja mina abandonada".

"Fantástico. ¿Está muy lejos?" preguntó Miriam.

Diana suspiró. "Está a unos 20 minutos andando".

"Démonos prisa entonces".

Las dos amigas bajaron cautelosamente las escaleras y luego caminaron a paso ligero por el sendero.

"Mira, aquí está la habitación oculta donde encontré a Mitones", dijo Diana, iluminando con la linterna la puerta arqueada.

"Qué raro tener una habitación secreta en medio de la nada", replicó Miriam.

El dúo siguió caminando hasta donde el sendero se estrechaba.

"Será un aprieto, pero la salida de la mina está a sólo unos metros", explicó Diana.

Miriam asintió.

Por fin llegaron al lugar donde empezaban los recorridos de la mina, pero las puertas estaban cerradas. No había salida.

"¿Quizá si gritamos?" sugirió Miriam.

Diana no estaba tan segura.

"¡Socorro! ¿Alguien? ¡Socorro! ¡Estamos aquí! Estamos en la mina!" Miriam gritó.

No hubo respuesta.

"Miriam, lo siento mucho", se disculpó Diana. "Estaba tan emocionada por enseñarte lo que había descubierto; ni por un minuto pensé que estaríamos atrapadas".

Ambas amigas sintieron pánico, pero como detectives experimentadas que habían visto su ración de peligro, mantuvieron la calma.

"No pasa nada, Diana. Volvamos a esa habitación oculta antes de que se nos apaguen las linternas", replicó Miriam nerviosa.

Las amigas quitaron el polvo de los cojines del sofá e intentaron ponerse cómodas para pasar la noche.

"Así no era como me imaginaba mi primera noche en vuestro B&B", bromeó Miriam.

Diana se rió. "¿Cómo que no? Esto es un alojamiento de cinco estrellas".

La pareja apagó las linternas para ahorrar pilas. Luego hablaron y rieron como si no estuvieran atrapadas en una habitación subterránea oculta.

Al cabo de un rato, oyeron un ruido. Parecían pasos que se acercaban a ellos. También vieron una luz a lo lejos que parecía acercarse.

Sin saber si la persona que se acercaba era amigo o enemigo, decidieron permanecer en silencio.

"¿Diana? ¿Estás aquí?", llamó la persona desconocida. Era una potente voz masculina.

Sin saber qué hacer con la situación, los amigos permanecieron en silencio.

"Diana, soy Steven. ¿Estás aquí?", volvió a llamar.

La detective jubilada respiró hondo. "Sí, Steven, estamos aquí", respondió ella.

"¿Conoces a esta persona?" susurró Miriam, preocupada porque acababa de dar con su paradero.

"Más o menos. Nos conocimos ayer", respondió Diana.

La luz de Steven se hizo más brillante al entrar en la habitación. Sonrió. "Me alegro mucho de que los dos estéis bien", jadeó, claramente sin aliento por la búsqueda.

"¿Qué haces aquí, Steven?". preguntó Diana. Estaba asustada y aliviada a la vez.

"Vi que la lámpara estaba rota, así que supuse que estaríais atrapados aquí abajo", respondió él con naturalidad. "Los ganchos son sensibles al peso. Lo mediré y te lo arreglaré".

Los ojos del dueño del B&B se abrieron de par en par.

"Antes de que cunda el pánico, déjeme que le explique", empezó Steven. Cogió un gran cojín azul y se sentó en el suelo frente a ellos.

"Este es el tesoro del viejo Smithy. Esta habitación, el pasadizo secreto y vuestro B&B", anunció. "Mi abuelo construyó todo esto para poder mantener discreta su compañía con tu abuela, Hannah".

"¿Qué?" preguntó Diana sorprendida.

"Tu abuela enviudó pronto, igual que mi abuelo. Se vieron unas cuantas veces y con el tiempo entablaron una amistad que floreció hasta convertirse en algo más. Pero en un pueblo pequeño, la gente empezó a cotillear. Así que construyó estos caminos en lo profundo de la mina. Aquí se reunían, hablaban y pasaban el tiempo sin miradas indiscretas".

"Espera... ¿qué quieres decir con que el B&B es parte de su tesoro?". se maravilló Diana.

"Cuando tu padre fue a la universidad, tuvieron que pedir una segunda hipoteca sobre la casa. Años más tarde, como viuda anciana, tuvo dificultades para hacer frente a los pagos. Tu abuela tuvo que pagar las facturas ella sola. Mi abuelo la ayudó a saldarlas sin que nadie lo supiera. Fue su regalo para ella".

"Es imposible que eso sea cierto", jadeó Diana.

"Deja que te lo enseñe", respondió Steven.

Movió con cuidado la estantería y dejó al descubierto un agujero en la pared con un pequeño cofre en su interior.

Lo sacó y lo abrió con una llave de latón similar a la que encontró Diana.

"Echa un vistazo. Es un montón de fotografías. También hay cartas de amor, notas breves y todo tipo de recuerdos", comentó.

Diana rebuscó entre los objetos e inspeccionó algunas de las fotografías. "Así que es verdad", dijo asombrada.

Miriam guardó silencio.

"Le pidió que se casara con él, ya sabes, y grabó las palabras "Hannah Smith" en la llave con la esperanza de que algún día dijera que sí", añadió Steven.

"¿Lo hizo?" preguntó Diana.

"Sí, pero murió antes de que pudieran anunciárselo a nadie", respondió Steven. "Y eso es todo. Ese es el misterio de Old Smithy".

Diana estaba incrédula.

"¿Por qué no me han contado nada de esto?", inquirió.

"Cuando Old Smithy murió, se extendieron los rumores. Tu abuela sabía la verdad y no quería que su familia se viera arrastrada por chismes innecesarios. Mi padre sabía la verdad y la mantuvo en privado, pero cuando me hice mayor y le pregunté por las historias, me lo contó todo y me enseñó este lugar."

"Es mucha información para asimilar de golpe", afirmó Diana.

"¿Cómo saldremos de aquí?". preguntó finalmente Miriam.

Steven sonrió. "Seguidme".

Los tres siguieron el camino, pero tomaron un desvío distinto al de la salida de la mina. Les pareció que llevaban una hora caminando cuando por fin llegaron a la puerta.

Steven colocó un pequeño cubo de agua en un gancho, similar al que abría la puerta secreta del B&B. El peso hizo que se abriera una puerta que daba a su garaje.

"Esta es mi casa. Era la de mi abuelo", explicó. "Te llevaré de vuelta al B&B".

"Gracias, Steven", respondió Diana agradecida. Todavía estaba asimilando toda la nueva información que Steven le había dado.

El viaje de vuelta fue silencioso. Diana se sorprendió de que la leyenda no fuera tan oscura como esperaba.

Cuando llegaron a su casa, Steven los acompañó hasta la puerta. En el interior reinaba el silencio.

Finalmente, la curiosidad se apoderó de Diana. "¿Por qué ahora? ¿Por qué decidiste compartir todo esto conmigo? ¿Por qué las huellas?"

Steven sonrió. "Porque echabas de menos la investigación".

Los ojos de Diana se abrieron de par en par. A la única persona a la que se lo había contado era a Miriam.

Miró a su amiga, que se esforzaba por disimular una sonrisa de satisfacción.

"¿Todo esto era cosa tuya?" preguntó Diana.

"Dijiste que lo echabas de menos, así que envié a Wayne y a Ruby a investigar. Resultó que tenías un gran misterio delante de tus narices. Ruby se puso en contacto con Steven para esparcir algunas pistas por el B&B", explicó Miriam con un brillo en los ojos.

Steven abrió la puerta principal y todos los invitados de Diana se pusieron en pie en el vestíbulo aplaudiendo y vitoreando. Habían comprado una enorme tarta de tres pisos que decía: "Felicidades Diana". Incluso Sparky, Rover, Peaches y Mittens estaban presentes en los festejos.

"Queríamos que volvieras a sentirte tú misma", dijo Amy mientras se quitaba la peluca y la prótesis nasal.

"¿Agatha? ¿De la oficina principal?" preguntó Diana.

"A su servicio", respondió alegremente.

Uno a uno, los invitados se fueron quitando los disfraces. Todos eran antiguos compañeros de trabajo.

Diana se rió. "¡Oh, chicos! Ha sido un gesto increíble".

"No hay ningún gran complejo vacacional", anunció Elliot, que en realidad era Michael. "Estaba trabajando en la creación de un sitio web para este lugar. La fiesta de aniversario que organizasteis para Ruby y Wayne era ideal para la sección del sitio que dice que organizáis eventos."

Diana tenía una enorme sonrisa en la cara. No podía creer todo lo que se habían tomado para hacerla sentir la alegría de ser detective.

"Todos volveremos a casa por la mañana", comentó el señor Johnson, que en realidad era Wayne.

"Pero el pasadizo secreto seguirá ahí, y estaré encantado de añadir algunas huellas nuevas si anheláis otro misterio", bromeó Steven.

"Ahora cortemos este increíble pastel y celebremos que se ha resuelto un misterio de décadas", dijo Miriam feliz.

Todos rieron y vitorearon mientras disfrutaban juntos de su último festín.